只道是寻常

项 宏 著

中国文联出版社

图书在版编目（CIP）数据

只道是寻常 / 项宏著 . -- 北京：中国文联出版社，
2025.3. -- ISBN 978-7-5190-5786-2

Ⅰ. I247.5

中国国家版本馆 CIP 数据核字第 202462LJ12 号

著　　者　项　宏
责任编辑　蒋爱民
责任校对　秀点校对
装帧设计　西　子

出版发行　中国文联出版社有限公司
社　　址　北京市朝阳区农展馆南里 10 号　　邮编 100125
电　　话　010-85923066（编辑部）　　010-85923025（发行部）
经　　销　全国新华书店等
印　　刷　三河市华东印刷有限公司

开　　本　880 毫米 ×1230 毫米　1/32
印　　张　7
字　　数　260 千字
版　　次　2025 年 3 月第 1 版第 1 次印刷
定　　价　52.00 元

1

苏阳听到单薄门板被人连续撞击的声，就猜到是老三罗明刚来了，他总是这样，做事风风火火，好像在他面前的一切物事都是阻挡他勇往直前的障碍。他要表现得阳刚，就得对一切不耐烦，无所谓，以及风风火火，对，就是一往无前的风风火火。但实际上，老三是一个长相不太阳刚，甚至有点阴柔的人，高高瘦瘦的，面对面说话的时候慢条斯理，单独走路的时候拖拖拉拉，见到女孩甚至不敢抬头。但是在老四苏阳面前，他做事粗暴，动作"男人"得很。

老四苏阳，老三罗明刚，老二赵毅伟，老大钱不易。四人说是兄弟，其实认识也才两个多月。人就是这样，莫名其妙的，有的人和你一见如故，有的人表现得和你一见如故你却毫无感觉，甚至反感。当然反过来也一样，有的人你怎么努力待见他，他就是不待见你，彼此之间好像隔着一层无法打破的膜，其中厚度犹如隔着两个世界般不可逾越。

这四个人显然是上一种，年龄最大的钱不易二十二岁，年龄最小的苏阳十八岁，两人相差的岁数恰好是钱不易高中复读的四年。钱不易一直以学识渊博自居，但是他实在不是读书的料，或者不是考试的料。他今年的高考分数离省招的分数线依然相去甚远，只得无奈放弃靠读书改变命运然后一辈子吃商品粮的心思，不得不加入县城新华书店社招并安心做了印刷厂的

1

一个普通排版工。老三罗明刚初中毕业就混迹职场。所谓职场，就是在县城大大小小的单位做一些零工，时间长的有三两个月，时间短的就是在工地做三两天的泥水匠。这次书店招工要求高中毕业，他本来不符合标准，好在他有一个要好的同学，父亲在新华书店的一个小部门当领导，请托之后，费了一番功夫，最后还是进来了。除了罗明刚，赵毅伟也是特招。新华书店这次总共招十人。

十人之中一半男孩，一半女孩。五个女孩个个年龄刚好，如花的年纪如花的容貌，所以，她们被安排在办公室行政岗位和书店销售柜台，成为书店一道亮丽的风景。五个男孩被安排在了书店的三产企业——新华书店印刷厂做印刷工人，这让苏阳较为失望。

十八岁的苏阳有过很多梦想，但没有一个梦想是做一个印刷厂的工人。他想过大学校园里丰富多彩的生活，阅读更多的书，写出让人惊叹的文字，或者，谈一场轰轰烈烈的恋爱。但是，一切在高考失利之后成为奢望。得知苏阳落榜之后，父亲黑脸，母亲惶惑，然后东奔西走，用仅有的一点社会关系，为苏阳谋得了这次社招机会，并跟苏阳说："你舅舅给你找了一个新华书店的工作。"

苏阳原想复读一年，并与卢曼越说好，一起去毛坦厂中学复读。毛坦厂复读班收费按当年高考分数线高低比例收取，分数越低收费越高，分数越高收费越低，以两人今年接近录取分数线的成绩，复读学费不会很高，估计一人一年十多块钱。卢曼越家庭条件不错，又是父母兄长掌上明珠，十几元钱不是事。苏阳有点发愁，要和父亲张口要钱估计很难，就想趁暑假去山里打点草药变卖凑齐学费和伙食费。但是，父亲不让，说"不好好读书，不是读书的料，就跟老子一起干活"。大烈日下，苏阳一个人光着膀子在地里干活，几日下来，晒得黑瘦，背上起了无数的水泡。苏阳心里不怨父亲，甚至觉得父亲这种要求合情合理。同时，也抱着一点侥幸心理，说不定自己越受苦父亲就越会同情自己，到时候，就答应让自己再复读一年呢。他已经下了决心，如果能够复读，这一年绝对会百般努力，好好读书，当然，和卢曼越也要保持适当的距离，避免让人感觉两个人是在早恋。

可就在这个当口儿，母亲给苏阳找好了工作，说费了很大的劲，找了城里一个有能耐的表哥，然后表哥安排给自己的小舅子，刚好小舅子的同学是新华书店这次社招的负责人。这事儿基本上十拿九稳。

命运总是很难掌握在自己手中。十八岁的苏阳面对父亲的黑脸、母亲的絮叨，只能放下所有的抵抗，无力地问："哪里？什么单位？"

母亲没读过书，对于事情的描述，有时候偏差很大。说"新华书店，应该是南京吧"。

苏阳接受了。不接受又有什么法子？同时，也有不得已而求其次的确幸。不能进校园读书，去新华书店也未尝不可，毕竟不缺书看。

南京，是一座多么让人向往的古城啊！梧桐树、中山陵、秦淮河、玄武湖，等等。相较于红螺县，南京是一扇更大的窗。还有一个好处就是距离，因为距离，再不用看父母的脸色。

苏阳去见了那个被母亲说成舅舅的人，这个无论绕多少弯也没有血脉至亲的舅舅，看在他姐夫的面子上，用特有的播音嗓子向苏阳叮嘱了几句："吴盛是我很好的朋友和同学，这一次社招名额竞争很激烈，你想想全县多少你这样的落榜生，才招十个。所以，我很努力地走了人情，你要争气，不要让我丢脸。"

然后，苏阳知道了母亲说的"南京"，是因为她找她表哥，她表哥再找他小舅子帮忙而得到的结果，那个时候，母亲表哥的小舅子的朋友和同学吴盛正在南京出差。他小舅子对母亲的表哥回复，说这事估摸着差不多，但是要等吴盛从南京回来再决定。结果，听在母亲耳中，并回复苏阳追问在哪里上班的时候，就说了南京这个城市。

其实只是县城的新华书店招工，苏阳有点失落。辞别"舅舅"出了广播台，7月里白花花的太阳照在身上仍觉得寒冷，"难道我苏阳这辈子只能混迹在这小县城里？"

抗争吗？苏阳走了三十多里山路回家，看到父亲的黑脸，最终像泄了气的皮球瘫坐在一个角落里。面对母亲的絮叨，随便应付了几句就躲在那里发呆。

考试结果还好，一百多人中，苏阳笔试成绩第二名，其实可以做到第一名的，经历过高考，面对一些文化常识类的考题苏阳毫无争勇斗胜的心劲。第一名被另外一个叫作吴一山的同学得了。笔试之后有人有意见，主要是各股的股长、副股长以及他们的亲信，说某个人上学成绩很好，为什么没有进二十个面试名单，反而有好几个初中生进入了名单，是不是有人提前透题了？吴盛为了堵住悠悠之口，进行了第二轮笔试，为了公平公正，现场出了一道作文题目：写最近比较热销的书的读后感，要求两千字。

最近热销的书莫过于贾平凹的《废都》和路遥的《平凡的世界》。有人看过，有人没看过，有些人或许压根不喜欢看书。

苏阳喜欢读书，也恰好看过这几本火得一塌糊涂的书。

考试现场，吴一山坐在前排，拿到题目，回头看了一眼苏阳，有点志得意满的意味。

结果出来，苏阳变成了第一，吴一山成了第二。

二十人进入面试环节，其中就有苏阳、罗明刚、赵毅伟、钱不易以及吴一山。面试地点在新华书店行政办公楼二层，这是一个临街的三层楼房，一层是新华书店店面。面试之前有专人带领二十个进入笔试环节的新人参观了一层，面对琳琅满目的图书，苏阳心中稍安，如果能在这样的环境工作也未尝不是一件好事。毕竟，能一边工作一边看书。参观完书店，二十人被带到二楼一个大会议室里，等待面试，大会议室里还有一个小会议室，此刻门窗紧闭。

二十人中很多只是在前两轮考试的时候见过面，彼此不太熟悉，也有三两人此前认识，此刻凑在一起，小声说着话，看他们轻松的神情，好像面对即将到来的面试毫无压力，这让苏阳心生羡慕。为了缓解紧张，苏阳开始打量周边环境：会议室很大，木地板地面，花纹墙纸墙面，洁净的玻璃窗，整个屋子环境淡雅，充满了文化气息。

此刻，二十人正襟危坐于几排整齐摆放的布料沙发上。苏阳左边坐着一个男孩，衣着较为讲究，脚上一双皮鞋擦得锃亮，头发三七后分，擦了摩丝固定起来，只是面色微黑，容貌稍微显老，让他看上去没有室内几个一眼看上去就像城里的孩子洋气。苏阳右边坐着一个女孩，鹅蛋脸洁净无瑕，脑后束着马尾辫，一双眼睛很大，也很有神。见苏阳看她，微红了一下脸迅速低下头，然后又抬起头，小声问道："你是不是叫苏阳？"

苏阳稍有疑惑，还是老老实实地回答："嗯。"然后又觉得女孩主动问自己，如果自己不问她的名字有点不礼貌，试探地问："你是？"

"我叫秦乐怡，来自天晓。你呢？"秦乐怡眼睛神采外溢，看向苏阳，水汪汪的。苏阳感觉她的眼睛如一池春潭，看向自己，自己的身影一瞬间就被这一池春潭照了进去。

"我是温泉的。"苏阳回答。"你挺厉害的。两次笔试都很厉害。"秦乐怡满脸感叹，"我就怕写作文，第一次笔试还好，考了第六名，第二次笔试，只考了十多名，差点没有进入面试环节。"

"其实作文挺容易的。"面对秦乐怡的夸奖，苏阳并没有什么成就感，毕竟这样小范围的第一不值得让人骄傲。

秦乐怡瞥了苏阳一眼，看他面色平静，不似作假，更没有那种内心倨傲却装作无所谓的神情，就深深打量了苏阳一眼。这一瞬，似乎觉得眼前的男孩还是有点帅的样子，面色干净，有棱有角，只是身上衣着稍显寒酸，让人一眼就会看出是山里来的孩子。

在秦乐怡略显痴呆地看定苏阳的时候，苏阳突然感觉到对面也有人在打量自己，抬起头，就看到一个微胖的男孩注视着自己。男孩头发浓密，有点自然卷，双眼不大，此刻，微眯的双眼正扫向苏阳，再扫过苏阳左边的男孩，然后，再扫过苏阳，最后扫向秦乐怡。只是在看秦乐怡时候，微眯的双眼突然睁大，透出光亮，好像是害怕被别人发现他在偷窥漂亮女孩，立刻装作若无其事地把眼光挪向苏阳。再看苏阳的时候，眼神中就透露很多不好的东西，有敌意，有蔑视，还有一点不屑……

"你叫苏阳吧，我是钱不易。"坐在苏阳左边的男孩开口，脑袋侧向苏阳，声音很小，"你知道你会分配在哪里吗？"

苏阳摇头，他确实不知道。那个舅舅见过他一次之后，就再没有露面。苏阳虽然知道他在广播台上班，但是苏阳面薄，对这个硬攀上的亲戚，还不敢随便去打扰，更不敢问招聘的事。见到苏阳摇头，不似作假，钱不易突然故作神秘地说道："你应该能做业务员。"

"什么业务员？"十八岁的苏阳初入社会，第一次进城，对于城里职业分工的理解就如面对眼前陌生的道路、街巷，虽然觉得新奇，但内心却是非常迷茫和惶恐。

"你真的不知道？"钱不易想再一次确认苏阳是装傻还是真不知道新华书店这次招工的内部消息。看到苏阳是真不知道的样子，他故作少年老成地摇摇头，"你呀，大家都在抢破脑袋地找关系，就想分到一个好的岗位上。你倒好，本来有很大机会做上业务员的，但你却这个样子……"说到这里，钱不易摇摇头，为苏阳可惜。

"你俩说什么呢？神神秘秘的。"秦乐怡伸过脑袋，好奇地问道。

钱不易立即不说话，很神秘地笑笑。等秦乐怡别过脑袋，又在苏阳耳边悄悄说道："知道吗？对面的吴一山是你最大的竞争对手。"

"为什么？因为我们是笔试第一和第二？"苏阳看向对面那个白胖略显阴柔的男孩，原来吴一山就是他。

"还因为他姓吴。"钱不易少年老成，不经意地看了一眼对面的吴一山，眼神中流露出羡慕和不甘。其实，他更知道，苏阳虽然不姓吴，但走的也是副科长吴盛的关系，而且据说这个苏阳虽然来自山里，但在县城的关系很硬，这个关系甚至能直接影响吴盛对眼前这二十个人录取与否，并最终决定岗位安排走向。

不同于苏阳的一张白纸，钱不易复读四年，高考分数虽然没有增加，人情世故却修炼得无比通达。钱不易家虽然也在农村，却毗邻一个集镇。距离红螺县城所在地城关镇比温泉近了二十多里路，别小看这二十里路，心理上的优势不言而喻。

红螺县全县两千多平方公里，十多个镇，七八个乡，除了县城所在地城关镇，其余乡镇都是农村。城乡之间不说有地域歧视，但是内心的优越落差是很明显的。城关镇的人自认是城里人，吃穿用度都优于县内其他各乡镇，看到别的乡镇的人进了县城，就会滋生高人一等的感觉和态度，其他乡镇的人进城也保持着乡下人该有的低调甚至卑微。县城之外虽然都是农村，但集镇的居民看周边的居民犹如县城人看他们一样。全县一多半是山区和丘陵地区，一小半平原和畈区，平原和畈区的人看不起山区和丘陵地区的人，说他们是山里人，一辈子待在山窝窝里比较土。苏阳来自温泉，秦乐怡的家在天晓，都是标准的山里。钱不易是棠树乡人，位于丘陵和平原的过渡区。

钱不易这几天私底下做了不少工作，或者准确说是钱不易家人这几天做了不少工作。先是托人争取到这次社招机会，然后找到说话管用的，希望能给钱不易谋得一个好职位。也是因为在这一系列请托过程中，钱不易知道了这次社招的更多细节。比如罗明刚虽然不是高中毕业，但是他有一个要好的同学，这个同学的爸爸是新华书店一个重要部门的股长。新华书店另外一个特招名额给了赵毅伟，因为他爸爸是县城印刷厂厂长。新华书店新筹办的印刷厂，技术上需要他爸爸支持。还有一个吴一山和吴盛沾亲带故，有很大机会被安排在业务岗位。

钱不易的父母想给钱不易争取另外一个业务岗位，老钱家几代单传，到钱不易这辈依然是。他父母就这一个宝贝儿子，从小到大聪明伶俐，至于复读几次都没有考上大学这事，那不能怪自己儿子，谁叫这农村中学教学质量不行呢！钱不易人情世故精练通达，人前人后，全村人就没有说他不懂事的。这样的孩子到哪儿都是优秀的，也是拔尖的。新华书店是县城为数不多的好单位，效益好，工作不累，收入还高，这样的好机会既然赶上了那一定要全力以赴的。这次社招只招十名，通过内部运作和两次笔试，钱不易确定进入十人名单，这就证明了钱不易在全县数万名落榜生中属于佼佼者。当然，他们自动屏蔽了真正参加社招也就数百人的事实。确定钱不易进入十人名单之后，他们就努力运作，想给钱不易争取业务岗位的机会，毕竟做业务比印刷厂普通工人光彩得多。

就在钱家找到关系人提出这个要求的时候，关系人隐晦地说出苏阳的根基。

钱不易知道了这个消息之后，失望之余，把苏阳和吴一山当作了最大的竞争对手。相比于出身在县城又和吴盛有着亲戚关系的吴一山，他觉得苏阳就不应该出现在这次社招名单中，甚至更不应该两次都抢了他笔试的风头。

知己知彼方能百战百胜。他问苏阳的话语看似无心，实则是在试探苏阳的底细。看到苏阳白痴的样子，他心里有了希望，在最终名单没有公布之前，一切皆有可能。

面试开始，苏阳第一个被叫进小会议室。小会议室内装饰豪华，中间一块羊绒地毯，皮质沙发呈半圆形摆开。吴副科长坐在主座，其余四人以他为中心左右坐定。等苏阳站好，一个面色微黑的股长率先问了几个常识问题：为什么参加这次社招？知道新华书店的历史吗？苏阳都一一做了回答。吴副科长最后问道："听说你比较喜欢看书？你对最近出版的图书有什么了解，简单说说。"

这个问题在第二轮笔试的时候已经考过，苏阳回答得还算轻松。大家都没有说话，好半天后，其中一个股长说道："《废都》我听说过，但是方向不好，内容写得很黄？你看过？"问这话时看向苏阳的眼神有些厌恶和鄙夷。

本来就紧张的苏阳被这样一问，汗珠就从脸上滚落下来。说话开始吞吞吐吐，犹犹豫豫，甚至不敢抬头看几位考官。吴副科长有些失望，说道："你先出去吧，叫下一位进来。"

面试进行了三四个小时。三天后公布结果，苏阳被分派到印刷厂，吴一山不出所料地成为业务员。让钱不易意外的是，他自认为很不错的面试效果并没有给他加分。岗位分派下来，他没有得到梦寐以求的业务员岗位，而是和苏阳一样被分派到印刷厂，并和苏阳住进同一间宿舍。同时，被分派到印刷厂的还有罗明刚和赵毅伟。四人年纪相仿，在一大帮拖家带娃的职工当中，他们四人自然而然成为一个小团体，并被人戏称为厂里"四大金刚"。

2

员工宿舍在县新华书店总店的三楼，从东到西，共计五间。其中四间为双人间，房子中间被木板隔开，前后各住一人，钱不易和苏阳住最东边一间，钱不易住前屋，苏阳住后屋。总店东南角有一座配楼，共计四层，一楼二楼三楼是饭店，四楼是舞厅，都是书店的配套产业。主楼和配楼有过道连接，苏阳他们出门左转十几步就可以步入舞厅。从东向西，依次是上一年社招的两名男员工，然后是秦乐怡和另一名女孩，再向西，是上一年社招的两名女员工，年龄也就比苏阳他们大上一两岁。最西边一间单独住着一个女孩，也是上一年社招的。与其他人相处几日就熟稔下来不同，这位女孩独来独往，剪着短发尽显干净利落。见到苏阳他们，很少主动打招呼，即使苏阳和钱不易主动打招呼，她也是哼一声而已，有着与这个年龄不相称的老成和矜持。

食堂在院内对面家属楼。说是食堂，其实就是一个一居室，有一个长脸女人定时做饭。长脸女人和开大货车的丈夫平时就住在这屋子里，她的丈夫很少回来，长脸女人终日无事，只在饭点的时候给住宿的七八个员工做饭。饭菜做得很糊弄，菜多是以蔬菜为主。苏阳他们从住进宿舍吃第一顿员工餐开始至今已经连续吃了两个月小葱炖豆腐，吃得嘴里全是葱味。虽然早晚刷牙，但在楼道和车间里只要住宿的人说话，空气中就会弥漫出葱花和卤水味。

钱不易背后和苏阳发牢骚："说是管吃管住，这住的什么破屋，吃的什么猪食，早知道这样，我还不如复读一年，至少学校里面伙食多种多样，想吃肉就吃肉。"

苏阳说："那你和范姐说说，每次你去她都给你笑脸，不像看到我，脸拉得老长，你说让她给我们改善一下伙食肯定管用。"做饭的长脸女人姓范，叫范春华，她母亲一直在书店做勤杂工，属于书店的二代。老董事长好像很看重这个，对书店的老人都特别关照，包括他们的子女。范春华没什么学历，就给安排了一个做员工餐的工作，据说工资不少拿，至少比苏阳他们社招工高几倍。范春华的弟弟妹妹也都在新华书店，有的在饭馆，有的在舞厅，还有在印刷厂当个小领导的。

"她那是拉个脸？她本来就脸长好吧？"钱不易白了苏阳一眼。苏阳发现，只要自己说话不合钱不易口味，他就会跟自己翻白眼，用以表示对自己的不满和不屑。当然，钱不易不是对谁都这样，最起码和书店领导说话的时候就一定是满脸堆笑，甚至为了表示自己的谦卑和诚意，还要把腰弯到一定程度，说话轻声细语，说完以后还要征求意见："你看我这样说行吗？"

苏阳真希望钱不易有一天和自己说话不翻白眼，稍微和气一点，别出言就讽刺，开口就挖苦。听到钱不易的话，苏阳尴尬地笑笑，耸耸肩嘟囔一句："就当我什么也没说。"

钱不易绝不会去找范姐，更不会投诉。得罪人的事他怎么会做呢？何况是范姐。范姐的弟弟就是车间的班长，是自己的直接领导，得罪了范姐那后果绝对严重。但从小娇生惯养的他，实在吃不下这样的饭，好在马路边就有不少麻辣烫和快餐摊位，有时候他在范姐面前将饭吃得津津有味，并极力夸赞，转头就趁范姐不注意将饭倒掉，然后偷偷去外面摊位买点肉打打牙祭。

这几天，钱不易准备趁周日回家一趟，和父母要钱置办一套餐具，和几个老员工一样，在走廊上搭个蜂窝煤炉，自己做饭。

这些想法他没和苏阳透露半个字。心想："你这傻孩子不愿意说，就老老实实去吃那猪都不吃的小葱烧豆腐吧，老子自己做饭了，一个屋子，天天馋死你。"

秦乐怡早就行动起来，同屋两个女孩自己做饭，每天变着花样炒菜，用电饭煲蒸米饭，还隔三岔五给钱不易和苏阳送一点。钱不易吃完两人的饭菜，就下楼给两个女孩买一点零食。苏阳口袋没钱，不能礼尚往来觉得惭愧。等秦乐怡她们做饭时，就提前去食堂，待到秦乐怡她们再将饭菜端过来，就说自己吃完了，实在吃不下。

今天食堂就苏阳一个人吃饭。范姐看到苏阳，面无表情，将一小碗中午吃剩下的菜扔在桌子上，然后往沙发上一躺，露出十瘦的大长腿。苏阳低头扒了几口饭，赶紧逃走。正在做菜的秦乐怡看到苏阳，笑嘻嘻地问："又吃了一顿小葱烧豆腐？好吃不？"

"唉。"苏阳叹息一声，说，"好像是中午的剩菜，馊了。"

"活该。让你说，你要面子，怕得罪人。那馊菜你不吃谁吃？"靠在宿舍门口的钱不易幸灾乐祸地嘲讽道。苏阳看他一眼，没有说话。否则肯定又要遭受他的白眼和冷嘲热讽。

"一起吃一点吧，我下了面条，下得比较多。"另一个宿舍的女孩邀请苏阳。这个女孩叫李云，比苏阳早一年来新华书店，比苏阳大个两三岁的样子。知道苏阳也来自温泉中学，是她学弟，对苏阳格外关照。

两人还有另外一层关系，李云是苏阳的师娘。李云现在的男朋友是苏阳高中时候的政治老师，一个长得精瘦其貌不扬的男人，但是眼睛却很有神，镜片后面常常透出一缕探究的寒光。苏阳当学生的时候和大多数同学一样对他敬而远之。苏阳不知道李云为什么会和他谈恋爱，而且两个人都到谈婚论嫁的程度了。这个老师有个外号叫"云中鹤"，对，就是《天龙八部》中的云中鹤，实际上姓徐。

　　徐老师每到周末都来书店找李云，住在宿舍不走。宿舍前后有木板阻隔，算是彼此独立的两个房间。木板虽然可以隔断视线却隔不断声音，和李云同宿舍的女孩一到周末就苦不堪言，天只要一擦黑，徐老师就将李云拉进后屋，然后床铺摇晃的声音就传了出来。随之而来的，还有身体碰撞的声音，男人的喘息声、女人的号叫声，床腿与地面的摩擦声，床头与墙面撞击声，各种声音交织在一起，形成了交响曲。宿舍里大多是些少男少女，尤其是李云隔壁的女孩，初经人事，听到这种声音，身体也会跟着躁动起来，好不容易睡去，半夜里，这种声音又会响起……

　　女孩羡慕、嫉妒、恨，看似精瘦的两人怎么有这么大的力气？

　　女孩也会在李云男朋友来县城的时候主动将屋子让出来，然后等事情差不多了，再回宿舍。

　　苏阳第一次在宿舍看到徐老师，吓了一跳，然后就看到李云和他在一起，才知道两人在谈恋爱。

　　在这种场合下，徐老师对苏阳也表示了一定友好。虽然还端着一点老师的架子，但不会一开口就说教之类。

　　"我吃过了，李姐。谢谢啊。"苏阳谢过李云，没有马上回屋。屋子里没有风扇和空调，尽管临近中秋了，江淮地区还是酷暑难耐。李云主动问道："大家都自己做饭，苏阳啊，你不准备做？"

苏阳耸耸肩，说了一句："我不会做饭。"实际上，苏阳没钱，来新华书店，头半年一个月工资才90多块，平均一天三块多钱，哪里够花啊。虽然管吃管住，但是，简单的日用品要买吧？而且苏阳有一个很不好的习惯，抽烟，三天一盒。一块六毛钱一盒的"东海"或者一块多的"都宝"，平均一天七八毛钱，而且随着心中的苦闷与日俱增，烟瘾也渐渐大了起来，大有两天一盒的势头。

每个月发了工资，紧抠慢抠，到了月底，依旧是穷得叮当响。不像李云她们，转正之后工资已经涨到一百七八十块，加上奖金，也接近二百块，只要算计着花，月底还是有点余钱的。秦乐怡也是新员工，但是她是女孩，家里娇宠，父母不忍心她吃苦，给她的零花钱比工资还多，并要求她一定吃好。苏阳更不能和钱不易比，钱不易从小在家娇生惯养，又是家里独苗，就是父母累死苦死，也不会让钱不易没钱花。前几日，钱不易的父母来县城看望他，当看到食堂伙食的时候，眼泪汪汪，转头叮嘱钱不易："不易啊，都怪父母无能，让你吃这样的苦，你现在成了城里人了，绝对不会回农村种地了，但咱也不能吃这样的苦啊，我们买一套餐具吧，儿啊，你辛苦一点，每天自己做吃的，一定要吃好啊。"

苏阳的父母压根就没想过来城里看看自家孩子，他父亲的火气还没有散尽呢！总会唠叨："老子累死累活供你读书，你小子竟然这样不争气，连个大学都没有考上，老子不让你在家种地已经算是天大恩情了，还指望老子去看你？家里种不完的地你给我种啊？还有这来回三四元的车费你给掏啊？老子早知道这样，就不让你上学了，跟着老子在家种地，不但省钱，还不丢这个考不上大学的脸。真是扶竹竿扶上天，扶大肠扶出屎。"

在他父亲眼中，没有考上大学的苏阳就是一泡屎。不会来县城看他，更不会给钱，反而要求苏阳，"你既然上班工作了，有工资了，工资就要交给家里，当作这么多年家里给你出钱上学的回报"。

苏阳第一个月拿到四十五元工资，因为是月中正式上班的。除了每天三四毛的早点钱，其余一分钱不敢多花。中间有十多天没钱买烟，即便是烟瘾发作也是硬撑着。终于熬到第二个月发工资，省吃俭用，到第三个月发工资的时候，攒了十五块，趁村里人来县城的时候，给父母捎了回去。其实他更想自己将这十五元钱送回家，第一次离家这么长时间早就想家了，一算来回路费要三四元钱，就没舍得回家。

母亲接到村里人捎回来的十五元钱，眼眶有点发红。父亲不出意外地冷哼了一声："干了两三个月才拿回来十五块钱，还不如那些出门打工的，一年至少拿回来二三万块钱。他们更没花那么多钱上学，里外一算，咱家这个畜生就是亏本的。"

每天吃小葱烧豆腐，苏阳吃得嘴里除了葱味和卤水味，没有别的味道。正是长身体的时候，整天清汤寡水，身体真有点吃不消了。三个月不到，本来就消瘦的苏阳，又轻了四五斤。第三个月发工资后，苏阳有意改善了一下伙食，早点加了一个鸡蛋，七分钱一个，每个月多开支两块多钱。偶尔也去楼下买一碗猪血炖豆腐，味道很好，但是苏阳不敢多吃，毕竟一碗一块多钱。

秦乐怡的鸡蛋炒青椒做好了，香味弥漫整个走廊。"真不吃？"秦乐怡歪着脑袋看向苏阳，苏阳不敢直视她那一双会说话的大眼睛，说："真不吃。"秦乐怡小声啐了一口："死犟。"

李云看看秦乐怡，又看看苏阳，郎才女貌的一对，但是两个看似都不懂男女风情的样子，有点羡慕也有点失落。

"都不知道这书店是干什么的，养个闲人做饭都做不好，还不如把这钱补贴给我们呢。"李云同宿舍的女孩说道。声音不是太大，但是整个走廊的人都能听见，大家深有同感。

李云刚想搭腔的时候，却有一个生冷的声音说道："你们是嘴闲的啊，背后议论饭堂的是是非非？"

说话的是住单间宿舍的女孩，名叫夏冰。她独来独往，很少与同楼层的人说话。此刻，她靠在自己宿舍门框上，眼睛冷冷地扫视李云等人，众人噤若寒蝉。苏阳知道大家为什么怕夏冰，因为她身处的岗位不同，虽然也是去年和李云一起社招进来的，但是她一来就被安排进行政办公室，在领导身边做事。别说李云、苏阳这些在新华书店最不受待见的社招员工，就是新华书店吃香的财务、后勤，以及那些部门的股长、副股长见到她，也要客客气气。

县新华书店在一个小县城，算是大单位了，共有一家总店，十家分店，两家在县城，其余分处八个镇街，总计百十号人。这几年企业改制，鼓励多种经营，董事长年纪虽大，却很有魄力，新开了饭店、舞厅，又办了印刷厂，算是蓬勃发展，得到省新华书店多次表彰。

百十号人中，一大半是书店的正式员工，有编制的。但是最大的董事长，转企之前，也仅仅是正科级，往下有两个副科级，各店、各部门的领导是股级，再往下是大集体员工，有待遇没编制。转企以后，也就没有了级别。但新旧之间，称呼仍沿用过去的叫法。

而像苏阳这样的合同工，就都是社招进来的了，签的是长期劳动合同。只要员工不主动辞职，单位也不会辞退你，可工资待遇很低，也没有太多福利。比如逢年过节，股长级以上的员工福利是以千元起步，正式员工是以八百元起步，大集体员工是五百元左右，到了苏阳他们，也就是五十元至一百元。

福利如此，工资更是一丈差九尺。经济基础决定上层建筑，因为待遇的差别，两者之间的地位何啻天壤。

夏冰现在也还是合同工，很快有望转成大集体。应了那句俗话，"近水楼台先得月"。

李云他们迅速收了碗筷，进了自己宿舍，钱不易张望了几眼紧跟着也回到房间，靠在床上看着呆傻傻站在门口的苏阳。走廊上很快只剩下夏冰和苏阳两人，苏阳尴尬地冲夏冰笑了笑，准备也回房间。

"你给我站住。"夏冰离开门框，朝苏阳这边走来。

"你……叫我？"苏阳指着自己鼻子问。两个月来，他和夏冰说话不超过十句，其中九句是问好和"哼"。

"就咱俩人，我不叫你，叫鬼啊？"夏冰瞪了苏阳一眼。

鬼使神差地，苏阳回了一句："其他人都被你吓回宿舍了。"

夏冰顿时恼火，狠狠地瞪了苏阳一眼："你是说我比鬼还可怕？"

"没有没有。"苏阳赶紧摆手。

夏冰恼怒地扫了其他几个宿舍一眼，然后对苏阳命令道："你，跟我过来。"说完转身，率先走进自己宿舍。

犹豫了半晌，苏阳抱着是福不用躲，是祸躲不过的心理非常忐忑地走到夏冰宿舍门口，轻轻敲了一下门。

"门是开着的，你自己没长腿啊？"夏冰站在后屋门口，微微愠怒地看着苏阳，"或者是怕我屋里有鬼，你不敢进？"

苏阳偷偷打量夏冰，女孩很年轻，身材也不错。一套职业装，齐耳短发，显得成熟干练，只是这份成熟多少与年龄不符。此时的她，俨然去掉了这份成熟，如邻家小姐姐。

"这个姐姐有点喜怒无常啊。"苏阳感叹。除了和卢曼越关系亲密，苏阳还没和其他女孩打交道的经验，被夏冰接连抢白了几句，一时间不知道如何搭腔。

夏冰靠在门口，见苏阳依旧傻傻地站在门口，问："你是怕我吃了你不成？"

"人肉不好吃，再说你这么好看的姐姐，怎么会吃人呢？我不怕你吃，你自己不怕吃人的时侯嘴唇血糊糊的啊？"苏阳强装镇定，开了一个自己都觉得尴尬的玩笑。

夏冰扑哧一笑，转瞬又将脸恢复到冷冰冰的样子。粉面含春，怒而不愠。苏阳心里感慨，女孩有时候不光是笑好看，生点小气也好看。

"快进来，没吃晚饭吧。我这里有些饼干，你先吃了垫垫肚子。"夏冰走到门口，想要拉苏阳进来，最终犹豫了一下，放下伸出去的手，做个手势让苏阳进屋，然后轻轻关上门。随口说了一句，"省得他们嚼舌头。"

苏阳接过夏冰递过来的"好丽友"饼干。他只在电视上见过这种饼干的广告，从来没吃过，他有点忐忑地看着夏冰。

"吃吧，还要我喂你啊？"夏冰白了他一眼。同样是被人白眼，苏阳觉得钱不易那种白眼和夏冰的比起来，一个是十恶不赦的坏人，一个是天上的仙女。

夏冰撕开饼干封口，递给苏阳一块。待苏阳咽下，说道：

"慢慢吃，这里还有。你喝一点水。"递给苏阳自己的茶杯。

女孩的用品小巧可爱，这个茶杯也是。青花白瓷，杯口漂浮着几片翠绿茶叶。端在手中，芳香扑鼻，入喉，口齿留香。

夏冰看着苏阳把一袋饼干吃完，又往杯子里添了茶水。思考了一下，叮嘱苏阳："你是一个有追求的人，要好好利用空闲时间把你的书读好，多写文章。书店除了门面售卖的书籍，还有一个内部藏书室，你要是有兴趣，我给你弄一张借书卡。李云她们没什么追求，年纪轻轻不是谈恋爱，就是买衣服，想吃的。你不要和她们瞎混。"

苏阳怔怔地看着眼前的女孩，这哪里是她们说的"女魔头和灭绝师太"？分明是一位邻家好姐姐啊！从小到大，苏阳很少感受过别人的关怀，哪怕父母那里。除了保障他最基本的生活外，根本没有太多的温言温语，即使是拿钱给他读书，也要有代价，不时摆出将来需要偿还的架势。一时之间，苏阳有点感动，眼眶微红。

"没出息的样子，你是大男人，不能轻易掉眼泪的。"夏冰抽出一张纸巾，递给苏阳，"以后可以在我这儿吃饭。范春华确实不像话，每次报销饭费都很多，做的饭却难吃到极点。扣下来的钱都装进自己口袋了，一天到晚穿金戴银，这些钱都是饭费扣下来的。除了你也没人去吃饭，她还是按照原先的人数去报。这样下去，整个书店就她最有便宜可占了。"

苏阳也发现现在去食堂吃饭的就是自己。突然想到一个问题，问夏冰："如果我不去吃饭，她是不是就不能扣钱了。因为除了我，别人也不去。没人吃饭，她不是彻底没法报销了吗？"

夏冰摇摇头，说："她这些事，书店哪个不知道？事不关己，谁愿意惹这个泼妇？即使你不去吃饭，一个人都不去食堂吃饭，她还是一样报销，谁不签字，她就到办公室脱裤子，露出身体，说对方非礼。哼，就她芦柴棒一样的身体，要胸没胸，要屁股没屁股，哪个男人愿意非礼她？但她一撒泼，哪个又不怕啊？自古以来，男男女女也就这点事，说不清道不明，还都充满好奇，明知道不可能的事，她这么一闹，就说不清了。"

"董事长也不管？"苏阳问。

夏冰白了苏阳一眼："你以为董事长就容易当啊？书店这么多人，这么多事，哪一个哪一件不要董事长操心？再说，其他事董事长愿意管，但范春华这事儿肯定不愿意管的。范春华这一套是遗传的，否则，能给她分一套房子？名义上是食堂用，其实不就是她一家住吗？而且我猜，这房子顶多一年就会完全被她占有。她妈年轻时就是这样，没少在单位撒泼，董事长年轻的时候就让着她妈。还有，范春华弟弟范春阳是你们车间班长，如果敢欺负你，你和我说，欺负别人我不管，不准欺负你。"

苏阳再一次看向夏冰，蓦地，心底有一股暖流淌过。

"你也不能在我房间待久了，我虽然身正不怕影子歪，但这帮人乱嚼舌头，传出去，对你不好。"

夏冰收拾茶杯，苏阳识趣地站起身。夏冰犹豫了一下，低声说道："中秋节快到了，你要是不回家，咱俩一起去乡下玩？"

"好啊。"苏阳想也没想，就答应了。

"一言为定，拉钩。"夏冰调皮地伸出右手小指。

苏阳和夏冰拉钩："一百年不变。"

苏阳回到宿舍，钱不易换了一副表情。往日里四个人是兄弟，是"四大金刚"的小集体，在外人眼中，是一荣俱荣、一损俱损的关系，但私底下，钱不易没给过苏阳好脸色，横眉冷对，不屑，从来一副"我就是看不起你，你在我眼中屁都不是"的表情。但是此时，看到苏阳进屋，他笑盈盈地站起来，还破天荒地给苏阳敬了一支"红塔山"，这"红塔山"钱不易平时自己都舍不得抽，只会装在口袋里敬领导。

苏阳没敢接钱不易的"红塔山"，无事献殷勤，非奸即盗。苏阳看到钱不易的表情，多少猜出了他什么心思。

钱不易看出苏阳对自己的防备，嘿嘿一笑："没想到夏主任和你早就认识。"

"大家都住一层楼，说不认识不是太假了吗？你和她不认识？"苏阳问道。

"嘿嘿，要说关系，我和她还是上同一所高中呢。"钱不易高中三年，加上复读四年，一共七年，换了好几所中学，其中最后两年就是在张目桥中学上的。

"那时你高三，她初一。她高三，你还是高三。真羡慕你，那么多不同学校的同学。"苏阳笑着说道。

"你小子是哪壶不开提哪壶是吧？"钱不易攥起拳头，威胁苏阳。苏阳嘿嘿一声冷笑，跑回自己房间，啪一声关上门。朝外喊道："是不是很想知道我和夏主任说了什么？也不是不能说，给我买两盒'红塔山'，我就告诉你。"

"你小子想得美。"钱不易望着紧闭的房门，愤愤不平地说道。内心里已经有了整治苏阳的主意。就在这时候，老三罗明刚走了进来，朝钱不易翻了翻眼皮，径直走到苏阳门前，嘭嘭砸门。

3

"我这门板迟早要被你捶坏。"苏阳打开门，不满地对罗明刚说。

"一个破门值几个钱？坏了我赔。"罗明刚无所谓的表情，"又不是娘们，整天关个门，见不得人啊。"

"找我什么事？"苏阳拿罗明刚没法子。罗明刚已经走到苏阳桌子前，看到苏阳刚合上的《废都》，促狭一笑："又在看黄书？我说你怎么关门呢。"

"鲁迅先生说过：不同人看《红楼梦》，经学家看见《易》，道学家看见淫，才子看见缠绵，流言家看见宫闱秘事。好好的一本《废都》，几十万字，你所谓的黄书内容成分百不占一，还都被省略号代替。你怎么就说它是黄书了？"

"反正不是好书。当然，再好的好书我也不看。"罗明刚斜靠在椅子上，双脚往桌子上一架，用一个很悠闲的姿势掏出烟盒。烟盒里却是空的，刚好看到钱不易进来，大声嚷道："钱老大，好烟呢，拿出来抽一支。"

钱不易磨磨蹭蹭，然后很不乐意地在口袋里摸了半天，掏出一盒皱巴巴的红梅烟，丢给罗明刚一支，又掏出一支自己点上。

"钱老大，你的'红塔山'呢。不能把好烟全孝敬给领导，就给咱兄弟抽这孬烟。好歹我们四个人也是拜把子的兄弟啊。"

罗明刚虽用话语表露不满，但还是接过烟点燃。

一般来说，三个人以上的场合，一个人拿出烟来，自顾自地抽还好，要是敬烟的话，每个人都要敬，而不能敬给这个漏了那个，即使当场有不抽烟的，也要问一声，这是红螺当地最基本的敬烟礼节。钱不易不是不懂这个，恰恰相反，钱不易给人的感觉是最懂礼节也是最注意礼节的人。像此刻只敬给罗明刚而漏掉苏阳这种事，不是他忘了而是故意为之的。表示苏阳在他心中地位很低，低到和他钱不易不是一个档次的人。

苏阳已经习惯了钱不易对自己的态度和行为，不但没有生气，反而将钱不易看轻了几分。大家都是同事，还住在一间宿舍，都是落榜生，谁比谁高贵啊？如果真有出息，应该在工作和学习上争个高低，而不是在这种细枝末节里较量。好像用一句含沙射影的话打压对方自己就更有学问似的，用敬烟这种小事轻视对方自己就更加高贵了？太没意思，也很小儿科了。

钱不易把苏阳当作空气或者一个屁，苏阳自己却不会因为钱不易的言行而看轻自己，反而，这两个月苏阳更加努力。苏阳因为面试现场发挥不好没有被分配到业务员岗位，有点气馁。但是，两三天就调整好了心态。这种心态调整是阶梯式的，先是高考失利，是他十八年来最大的打击，后来不得不接受这个现实；想复读也不成，苏阳必须再一次接受永别象牙塔走入社会的现实；业务员没有竞聘成功，苏阳更是在很短的时间内接受了自己能力不足，只能进入车间做一名普通工人的现实。阶梯之下，如果无力抗争，那就一步一步走稳，总有到山顶的时候，只要心怀希望。

钱不易对苏阳这种态度出自多种原因。第一是因为苏阳年龄比他小，人情世故不如他通透玲珑。第二是因为钱不易从小养尊处优，天生有种优越感。家里经济条件好，父母又舍得给他钱花，不像苏阳花钱缩手缩脚。第三是两人虽然都来自农村，但钱不易觉得棠树乡比温泉镇更靠近县城，算是半个城里人。所以，他看苏阳就像城里人看乡下人，怎么看怎么觉得苏阳身上都是土味。第四是钱不易觉得自己没有竞聘上业务员，有很大成分是苏阳的原因。因为苏阳面试发挥不好，书店的领导就觉得乡下人不如城里人，把仅有的两个业务员名额留给了城里人，而让来自乡下的几个男孩都进了印刷厂。

其实厂里也有竞争，工种和机器工位的竞争。

红螺县新华书店印刷厂是一个新厂，因为场地、技术、资金等，厂子并不大，存身于县城新华书店仓库楼后面的两排数十间平房内。平房一半是车间，一半是员工宿舍。车间是个大通间，依次排列着切纸刀、几台简陋的老式印刷机，印刷机都是单色印刷，呈滚筒形状。基本流程是先在一个转盘上涂匀油墨，然后上纸印刷，一次一张，效率很低，还容易形成色差。如果印刷彩色的，就要将装盘上的油墨洗干净，再上另一种颜色的油墨，将刚才印好颜色的纸重新来一遍，谓之为套印。套印很考量技术，必须手准，稍微出现偏差，印出来的东西就会颜色混乱，模糊不清。

和县里另外几家印刷厂比，新华书店印刷厂规模小，技术落后。好在背靠省新华书店，省新华书店只要匀一点活，就够县新华书店几十个工人忙一年。

老董事长这几年将书店及配套业务开展得风生水起。主业当然还是卖书，虽然有无数的个体书店冲击了卖书业务，但好在国家规定所有教育系统教材系列只有新华书店可以经营，这一块足以让新华书店成为县城较为盈利的单位。红螺县新华书店在省新华书店系统内名声响亮，不仅是教材业务做得好、回款快，更是敢为天下先，在立足主业之余开展多种副业经营，开创了"经营创收"这种成功的企业新模式。其他县域新华书店在固守本行老老实实卖书，业务不断被市场蚕食之际，红螺县新华书店已经开展多种第三产业，如饭店、舞厅，印刷厂更是系统内的一个大胆创新，虽然连续亏损多年，但是不创新哪有发展？

省新华书店有心扶持这个企业，业务方面进一步倾斜，将省新华书店印刷厂不少业务转移到这里，但是光凭这点场地，这点机器，发展空间有限。

吴副科长父辈和董事长共同创业，是县新华书店开创功臣，属于县新华书店根正苗红的店二代。但仅凭这一点，他的提职也不会这么快，四十岁不到，就成为副科长，并有接手董事长的势头。要论根正苗红，十位股长中至少有七位不比他差，论资历，几位五十岁左右的股长不但父辈经历过创业初期的筚路蓝缕，就是本人也在新华书店几次基建扩充中，和过水泥、搬过砖头。吴副科长能有今天，和他被省店借调几年的经历有很大关系，其中，印刷厂的创立和规划中的扩建能得以实现，他更是立下了汗马功劳。

印刷厂虽然是吴副科长一手促成并成就了董事长的功勋伟绩，让他得以从副股长一下子提拔为副科长，但能不能在老董事长功成身退之后顺利坐上董事长位置还两说，毕竟县新华书店现在还有一位姓张的副科长，张副科长年龄略大，今年四十五岁，资历完善，据说在县城的根基较深，在省城也有人脉。

所以，吴副科长在得到董事长稍微偏重的垂青中，要想更顺利地坐上董事长位置，还要把从立项开始就是他负责的印刷厂项目抓好，让红螺县新华书店印刷厂成为县里行业有竞争力的企业，或者全省新华书店系统内的标兵企业。

企业能不能做好，领头人很重要。在省城学习过的吴副科长非常明白这个道理，所以在决定印刷厂厂长人选的时候，据理力争，将这个重要岗位争取给常乾明。

吴家、常家是世交，父辈都在新华书店。在新华书店还没有职工楼之前，在平房区住对门，搬进职工楼后，两家住上下层，不但父辈关系好，吴副科长和常乾明这一辈关系也很好。

常乾明比吴副科长大七八岁，私底下，吴副科长叫常乾明都是常哥长常哥短。但在吴副科长好不容易将厂长位置争取过来之后，常乾明却并不愿意担起这个担子。他和吴副科长说："老弟，你的心意我领了，但我没兴趣。我做书店管理股股长很多年了，做起来得心应手，这个什么印刷厂，技术我也不懂。"

吴副科长已经料定常乾明的反应，觉得两人在办公室谈话显得公私不分。下班之后，特意在县城一家豪华餐馆订了一个包厢，邀约常乾明和同学黄成德，这位是县广播台主持人，号称"红螺赵忠祥"。常乾明知道这是一顿鸿门宴，但碍于面子，还是去了。看到黄成德这位县里名人，也不好再拉着脸，三个人打开一瓶五粮液，酒至酣处，吴副科长说起正事。

"新书书店是县城的一座庞然大物，人员众多，不好管。主要是人员安排上，职位有限，僧多粥少。他张德彪已经把控了业务股、基建股，都是书店有钱、有权的实权部门。三产中，饭店、舞厅的经理也都是他的人，还有八个乡镇的店长，其中一半是他的人。你我哥俩再不争取，我这个副科长别说转正遥遥无期，就是你这个股长，早晚也会被架空，有名无实。"

黄成德旁敲侧击了几句："手上有枪不见得需要开枪，但是和手上无枪被人用枪顶在脑门子上而无力反抗，结果和过程都不一样，甚至致命。"

高人果然是高人，说话就是不一样。

常乾明接受了吴副科长的安排，同意接任印刷厂厂长一职。吴副科长许诺，只要自己当了董事长，那腾出来的位置，早晚是常乾明的。到时候，常家、吴家联手，不光能将新华书店事业发扬光大，还可以一吐父辈在书店承受委屈的怨气。

常乾明不是开拓型的人物，守城却是没问题的，印刷厂创办至今三年了，运行平稳。虽然小有亏损，但也出现了盈利的迹象，还在省城争取到印刷书籍的业务和资质。

新华书店就是卖书，印书业务可是海量，这个资质拿到手，在县城众多竞争对手中就已经立于不败之地了，甚至已经超然于众企。

靠原有那些机器，不可能完成印书业务。眼前就是要扩厂增加机器设备，董事长魄力很大，在县城外环合安公路边买了一块地。地有十亩，不但能盖厂房，还能盖员工宿舍。扩厂需要时间，业务等不及，但可以先上机器，就是专门印书的胶印机。

经过考察，选择了国内较为先进的08胶印机，北人机器厂制造，和国外进口机器相比，价格合适，质量稳定。

常乾明亲自带人去北人厂拉回机器，机器运到厂里安装之时，也是苏阳和钱不易等进厂之时。

08胶印机需要2名专业技术人员，赵毅伟在他父亲为厂长的城关彩印厂工作过一年，有些技术基础。这一次特招进来就是作为技术人员引进的，给的待遇也是大集体工的待遇。是08

胶印机两名技术人员中理所当然的一名，另外一名要从钱不易、苏阳、罗明刚之中选择。当然也有不少老员工跃跃欲试，要争取这个机会。成为胶印机工，就能学到胶印机印刷技术，将来出去工作的时候，就会有更多的机会。而且，据说待遇也会提高。当然，印刷厂领导心里早就已经有了决定，最终以保障厂内现有业务正常运转为由，拒绝了这些老员工的要求，要他们做好现有工作，守好自己的岗位，然后，把胶印技术学习的机会给了钱不易、苏阳和罗明刚。

临到学习的时候，罗明刚就被刷了下来，理由是罗明刚只是初中毕业，文化程度不够。其实真正理由是有人发现，罗明刚之所以能进入这次社招名录，是因为常乾明徇私舞弊。罗明刚和常乾明的儿子常晓飞是要好的同学，能够通过这层关系进厂也就算了，胶印机工这么重要的岗位可不能再给他。罗明刚被分到切纸机岗位，整日端着厚厚的纸张塞进切纸机里，一按按钮，刷啦一声，纸被切得整整齐齐。罗明刚很有成就感。

学习是在城关彩印厂，也就是赵毅伟父亲为厂长的那个印刷厂。苏阳每日里要从位于梅山西路的新华书店三楼宿舍，走到位于北环城路边的新华书店印刷新厂报到，然后再从北环城路穿过鼓楼大街走到南环路外的彩印厂学习。单趟路途加在一起有七八里路，需要一个半小时左右，又是夏天。江淮之间的夏天，早晨八点，太阳就炙烤得很。彩印厂中午不管饭，这样算下来，苏阳一天要来回四趟。好在，中午不需要去自家厂里，否则这一天都得用在路上晒太阳了。

苏阳走了一个月，晒得黝黑，唯一的鞋子也磨破了胶底。还没到发工资时候，苏阳只好穿塑料拖鞋上班，被师傅说了不止一次。

师傅不太喜欢苏阳，觉得太"书生"，干起活来没有钱不易麻利，也没有钱不易有眼力见。钱不易眼活心活，师傅茶杯没水了，马上给续上，看到师傅茶杯里的茶叶不好，还让父母从家里送来好茶叶。看到师傅想抽烟了，马上掏出"红塔山"递上，点着。苏阳也想做这些，给师傅留一个好印象，但是，趁着他搬纸的工夫，钱不易已经眼疾手快地把这些讨好人的事做完了。苏阳也想给师傅敬烟，但掏出"东海"的时候，师傅还是选择了钱不易的"红塔山"。

感觉到师傅对自己的喜欢，钱不易会时不时地对苏阳展露出胜利者的笑容。钱不易不走路，来回都坐一块钱一趟的人力黄包车。坐在车里的钱不易一手夹烟，一手扶在车框边，看到穿着拖鞋步履维艰地走在烈日下的苏阳，钱不易心中有说不出的优越感和轻视。

赵毅伟已经掌握胶印技术，加上爸爸是厂长，学习起来就没有那么用心。有时候早上去新厂报个到，就出去钓鱼打鸟了。高兴起来，还会叫上钱不易和苏阳。钱不易虽然不敢得罪赵毅伟这个厂公子，但知道这是和苏阳竞争岗位的关键时期，每次都委婉拒绝。赵毅伟就叫上苏阳，一半哄骗一半威胁。苏阳不喜欢钓鱼，更不忍心用气枪打鸟，去了一两次之后，就直接拒绝了赵毅伟，说："太残忍了。"

赵毅伟也不生气，指着苏阳鼻梁说道："虚伪，你不忍心打鸟，怎么吃烧鸟的时候比谁都快？"

"我那是缺少油水。"苏阳反驳。

赵毅伟上下打量了苏阳几眼，没好气地说："你小子又土又穷。"赵毅伟说苏阳土不是一次两次了，主要针对苏阳的穿着。说苏阳不应该将上衣扎在裤腰里的时候把内裤边沿露出来，应该用上衣把内裤遮在里面。苏阳从善如流，赵毅伟说这样看着舒服多了。现在又看到苏阳整日穿着一双劣质塑料拖鞋，觉得很不合时宜，当问清楚苏阳是因为鞋子坏了，没有钱买鞋时候，干脆从自己口袋里掏出十元钱。"我借给你，发了工资还我，这可是我一天的开销啊。"赵毅伟每天花十块钱打底，三元的早点，七块的"红塔山"。

钱不易巴不得赵毅伟天天将苏阳叫出去钓鱼、打鸟，这样自己就可以单独和师傅学习。而且一旦传到厂里，苏阳和自己的学习态度就有了天壤之别。不说其他，至少自己占尽了印象分，加上有人帮忙，胶印机技术工绝对是自己的。钱不易在苏阳不在的时候，整盒整条地给师傅送烟，送到后来，师傅都有点不好意思了，说："你一个学徒工，哪里有这么多钱？"钱不易说："我家里有钱。"趁这个机会，钱不易还和车间里的两个班长打得火热，约吃饭，送茶叶送烟。两个班长逢人就说："这个小钱啊，真不错，年纪轻轻，学习上进，还懂做人。"

这些话传到厂长的耳朵里，厂长让罗明刚通知苏阳去厂长办公室。苏阳被劈头盖脸地骂了一顿，转身出门的时候，被赵毅伟拦住："你小子没出卖我吧？"

"和你有什么关系？"苏阳看了赵毅伟一眼，然后嘿嘿一笑，说，"即使和你有关系，看在脚上这双鞋的面子上，我也不会出卖你啊。"

"够哥们儿，改日我请你吃饭。"赵毅伟哈哈一笑。心里琢磨，出卖自己的肯定是钱不易。回家之后就和自己的厂长爸爸说了，这位父亲最疼小儿子，听到这事，怒不可遏。但沉得住气，并没有当场发飙，甚至都没和自己厂里的师傅表露喜好，而是在给新华书店的推荐信中写道："钱不易华而不实，苏阳老实肯学好动脑子。"

结果可想而知，胶印机技工岗位定下来的两人：赵毅伟、苏阳。而钱不易被分配去做一个谁也不愿干的铸字工。

此时胶印成为主流，铸字工已是黄昏产业，明显没落和没有出路，还有就是铸字工整日和高温铅水打交道，对身体有毒害。

可想而知，钱不易恨死了苏阳。虽然知道这事和赵毅伟也有关系，但他不敢恨赵毅伟，至少明面上不敢表露出来。对两个人的怨恨加到苏阳一个人身上了。这也合理。

其实，钱不易不知道，苏阳能当胶印工，不仅靠赵毅伟父亲的推荐信。

4

罗明刚的香烟抽到一半，没看到烟灰缸，问苏阳："你烟灰缸呢？"苏阳起身，去角落里寻找烟灰缸。钱不易已经把烟灰弹到地上了，甚至有意识地把残存的烟灰弹到苏阳的书桌上。

书桌靠窗户的边沿厚厚地堆了两摞书，还有几本看了一半的平摊在桌面上，烟灰落在纸面上，很突兀。苏阳找到烟灰缸，看着钱不易，内心烦躁，语气也就不再和善："你长眼了吗？"

"我咋了？"钱不易阴阳怪调。苏阳厌烦地瞪了他一眼，将烟灰缸放在罗明刚面前。

"小心，别把烟灰落在书上。有几本书还是书店的，烫坏了赔。"罗明刚不耐烦地说："知道了，知道了。"然后说起正事，他来找苏阳是为自己堂妹进厂的事。

新华书店印刷厂安装08胶印机后，实力大增，业务也进入了快车道。主要的业务来源还是省新华书店系统的内部业务，一个月内，已经完成了两套丛书的印刷任务。仅仅两套丛书的印刷费用就超过了平时三个月的营业额。紧接着，省店又给红螺县新华书店印刷厂分配了十万副对联和二十万套日历的任务。

对联和日历出货都有时间要求，必须在阳历10月底前上市。一下子增加这么多业务，印刷厂人手不够，就从市场上招聘临时工，工期三个月左右。做得好，也可以转成苏阳一样的长期合同工。

招聘广告一发出去，就吸引了大批人员进厂面试。这可忙坏了负责人赵经理。赵经理是一个胖乎乎的三十岁左右的女人，皮肤较黑，眼睛不大。因为应聘人员太多，赵经理就做了筛选，先是年龄要求，只招聘十六到三十周岁的，年轻人手脚快。再是要求长相，不能太难看，否则影响新华书店整体形象。赵经理可能高估了自己的审美眼光，而且她的审美标准是有自己的想法和品位的，所以她口口声声说自己招的都是长相很不错的人，但让厂里一帮单身汉大失所望，二三十个女孩相貌能说过去的，不超过三两个。

罗明刚堂妹罗小妹就是其中之一。在没见到罗小妹之前，罗明刚好几次在自家兄弟面前夸奖自家堂妹长得水灵，说："你们这几个整天嘴里挂着美女美女，照你们的见识，知道哪样的女孩才算是美女吗？"

老二赵毅伟问："就你这尿样，有资格和我们评判美女？"

罗明刚大言不惭地说："我妹啊。"

苏阳也非常好奇，就罗明刚这样的人，妹妹能有多水灵？结果，等真见到罗小妹，苏阳一点不失望。黑瘦的小丫头，脸型很像罗明刚，有点鞋拔子的模样。笑着对罗明刚说："罗兄，所言不虚，果然是你妹。"

罗小妹进厂之后被安排在装订车间。说是车间，其实就是胶印车间外面大屋子的一角，夹在几台原始印刷机中间。在凳子上搭两块木板，众人围着木板而坐，分拣从印刷机上分发下来的日历纸张，按照顺序折叠、装订。

装订分为胶订和机订。胶订用的是胶水，用大桶烧了胶粉，熔化后发出刺鼻的气味，刷在整理好的纸张上，晾干即可。机订分为骑马订和脊背订，都需要一些技术，一看装订速度，一看装订质量。

临时工也记考勤，但工资是按件计费，做得多得的多，做得少得的少。同时参考考勤，如无故缺勤，也会从计价中扣钱，不同岗位的临时工计件标准也不一样。最低的是杂工，最高的是胶印小工。

赵毅伟是成熟的胶印机工，一个人带两个小工，独当一班，提前结束了试用期。除了和大集体老员工拿一样的工资，每个月还可以拿一定的奖金，收入甚至超过前面其他车间的几个班长。苏阳技术还比较生疏，但只要机器正常，还是比较出活，就是调试机器不太熟练。好在赵毅伟虽然有点吊儿郎当，也很少将别人放在眼中，但对苏阳这个师弟还不错，苏阳遇到麻烦时候，求他帮忙，看他心情。心情不好时候，一个字：滚。心情好的时候，慢悠悠地放下手中香烟，给苏阳调试机器。只是有两点要求，调试的时候不让苏阳偷学，调试一次，需要苏阳给他买一盒烟。眼前没钱买，就记账。两个月时间，苏阳欠赵毅伟两条"红塔山"了，加上买鞋的十元，整整欠了赵毅伟一百五十元。

车间内都是纸张、油墨等易燃品，厂里规定不准在车间抽烟，其他人不敢，赵毅伟敢，车间班长不敢说赵毅伟。厂长遇到了会批评几句，但是也不敢狠说，赵毅伟喜欢撂挑子，被说烦了，将手中扳手一扔："老子不干了。在彩印厂，老子拿钱更多，事情还少。"彩印厂厂长是他爸爸，面对这个儿子，小心翼翼地。

赵毅伟可以领两个小工，苏阳没有这待遇，只有一个老员工，是曾经争取胶印机工这个位置的，对苏阳面服心不服，给机器上纸等重活都是苏阳这个正规技工做。给机器加油等活，苏阳也指挥不动他。

两个班组，赵毅伟班组出活快，苏阳班组出活慢。车间班长在钱不易蛊惑下，没少到厂长那里打苏阳小报告。

"苏阳那小子长得太斯文了，不是干咱们这行当的料。"范春阳说得更直接："我说常老大，咱们赶紧换人吧，否则到时候交不了活，上面问责下来，我们为了苏阳承担不明不白冤枉，值吗？"

常乾明亲自下到车间，看到苏阳满头大汗在给机器装纸。70克的胶印纸，切成半开，500一沓。装满机器进纸架需要10沓左右，很重。装完进纸架，苏阳又去机器上调试油墨，油墨很硬，要用铲刀用力才能从油墨桶里挖出来。到了油槽，需要用汽油调试。苏阳有点手忙脚乱，油墨溅到脸上、眼睛上，用手一抹，就成了大花脸，并随着汗水滚落而在脸上洇开。

常厂长站了一会，看到苏阳一直在忙碌，心中好奇，不是两个人上机吗，另外一人呢？这些上纸等体力活应该是小工做的。

就在这时候，常乾明听到机器后面说话声："我说小陈，你捣鼓什么啊。赶紧把烟拿出来，我要抽烟。"

"车间内不准抽烟。"苏阳边忙边说。

"就你装。赵毅伟在车间抽烟你怎么不说？"钱不易的声音。

"就没见过你这么趋炎附势的，人家赵毅伟有权有势，你不敢得罪，还给他买'红塔山'。老子是老大，让你拿一支烟，还跟我拿腔拿调。"

"你是谁的老大？"常乾明快速冲进车间，绕过机器。看到钱不易和那位帮工坐在纸堆上吞云吐雾，脸色立时阴沉下来。

原本很温和的人再也忍受不住心中的怒气，指着两人说："不想干，给老子滚。"

按照厂里的规定，钱不易和那位帮工是要被开除的，但是在常乾明和厂里管理层开会做这个决定的时候，却遇到了反对，说钱不易他们抽烟是不对，但苏阳作为当时车间第一负责人，也应承担管理不严的责任，要处理钱不易两人，先要处理苏阳。

苏阳没想到这个时候自己成领导了。

说得最凶的是赵经理和班长范春阳，他们对钱不易印象都很好，对赵毅伟以及苏阳却看不惯。赵毅伟是因为吊儿郎当，依仗家世和技术，在厂里除了听厂长的话，其他人压根不听。而且凭什么赵毅伟来了才三四个月，拿的钱却比他们十几年的老员工还多。不喜欢苏阳，虽然毫无道理，但把事情梳理一遍也就很容易理解了，苏阳太书生气，不懂厂里的江湖，更没有钱不易的机灵和大方。

常乾明在厂里和书店一直以来都是好好先生，平日里也很尊重经理以及几个班长的建议。在管理上更是遵循群策群力、有事大家商议的民主作风，但这一次，他心里已经有了主见。看到范春阳站在钱不易一边，并不奇怪，奇怪的是赵经理这个老员工，而且是书店的正式员工，竟然也有点拎不清，心中很是不解。问道："赵经理，你对于厂里的管理制度应该门清，在车间禁止抽烟是书店的规定吧，违反了怎么办，规定上写得清清楚楚，你说应该怎么处罚？"

"违反车间抽烟规定肯定要处罚的。但钱不易不是在自己的铸字车间抽烟啊。"赵经理辩解道。

"这有什么区别？而且以我的理解，如果他在铸字车间抽烟，咱们倒没必要这样兴师动众，铸字车间本来就有火，抽烟也不至于那么危险。但他在胶印车间抽烟，那里都是纸张、油墨易燃品，一旦发生火灾，后果不堪设想。可能不光是他本人、苏阳，就是我们今天在座的，都要吃不了兜着走吧？"常乾明慢条斯理说道。到了此刻，他内心已经有了想法，就和眼前这几人慢慢说道理。

"所以苏阳应该承担责任。胶印车间当时是他负责，他应该做好管理，不能让无关人员随便进。"赵经理振振有词地说道，并看看周边几人，"你们说对吧？"

范春阳不住点头，另外一位黄班长和周班长却面无表情。黄班长是装订车间主任，一位女士，和苏阳有过矛盾。黄班长作为装订车间主任，手下员工以女孩为主，还有不少是临时工，大家能偷懒就偷懒。黄班长管理方法简单粗暴，该骂就骂，毫不客气。有一次苏阳刚好看到黄班长在骂一个女孩，忍不住为这女孩打抱不平，和黄班长吵了起来，把黄班长气得杏眼圆睁，指着苏阳骂道："你就是个二百五，说好听点是个不谙世事的书生，说难听点啥都不懂，狗屁不是。"

两人吵完之后，即便走个对面，也是你不理我我不理你。反而是那个女孩并没有领苏阳的情，背后也说："他呀，啥都不是，有个屁用。当然，如果遇事需要一个背锅的，倒可以让他当炮灰。"

赵经理看到黄班长和周班长这个表情，不满他们缩头乌龟的作风，索性把话挑明，对黄班长轻声细语说道："黄清班长，你对苏阳应该了解，他就是不懂规矩，更不懂管理。"

"我不了解他。"黄清冷冷地回应。

"你怎么会不了解他？他和你吵架了啊，而且那一次吵架就是他的错。"赵经理不满黄清这个态度。其实，赵经理和黄清关系不好，她在内心看不起黄清，一个大集体工，整日里装什么冰美人。只是现在需要一个同盟，所以立马又调低地强调，对黄清循循善诱，"我可是听说他，自从那次和你吵架后，在背后说了你不少坏话。"

"我不喜欢背后嚼人舌头。我也相信苏阳背后不嚼人舌头。"黄清冷冷地看了赵经理一眼，"所以，你对苏阳有什么意见我不管，但我不会和你……"她把"同流合污"忍住没说，然后索性看向窗外。

赵经理冷冷地"哼"了一声，又问周班长。周班长和范春阳两人是竞争对手，都在竞争预设的车间主任一职。论能力，作为大集体工的周班长业务能力强，但资历不如在书店根正苗红的范春阳。周班长对苏阳印象一般，但秉着凡是范春阳同意的他就反对，凡是范春阳反对的他就同意的原则，他也没有正面回应赵经理。而是淡淡地说道："我觉得苏阳没错，一个人任劳任怨，就应该像赵毅伟一样，给他配两个听话的小工，而不应该把王成德配给他。王成德是老员工，怎么会服从苏阳这个新员工的管理？再说，王成德和钱不易是老乡、同学，两个人在一起整日里嘀嘀咕咕，都不知道在搞什么。"

常乾明最终拍板，开除王成德，留下钱不易，同时给苏阳配两个小工。这消息一放出去，立马引起小小的轰动。黄清找到苏阳，说："我给你推荐一个小工，叫赵红芳，在我手下干活老老实实的。"苏阳欣然接受，与黄清化解前嫌。另外一个名额，赵毅伟要给介绍，还没介绍，罗明刚就来找苏阳，要推荐他妹。

赵毅伟听到罗明刚想法后，把罗明刚骂了一顿，然后大声失笑："你妹，你妹……"

罗明刚梗着脖子说道:"我妹怎么了?"

"你妹陪我上床我都不要,就你好意思,整日把你妹挂在嘴边。"赵毅伟玩世不恭地说道。不过,看在罗明刚是自己兄弟的分上,他把这次选择权交给苏阳,让苏阳自己决定小工人选,他不干涉,更不会因为自己推荐的人落选而生气。

苏阳答应罗明刚,说:"只要你妹能干这活,我就同意。"结果,开工不到半日,罗小妹搬纸的时候手指被纸划破了,自己心疼自己半天,见苏阳无动于衷,装作楚楚可怜的样子:"大哥哥,你一点不心疼我?"

"干活。能干继续,不能干回黄班长那里数纸。"苏阳可没心情哄她。"干吗这么凶哦。"罗小妹可怜巴巴的,一副我见犹怜的样子。

接着,又去擦油墨,还没等油墨弄到手上,就很心疼地看着自己的手指:"啊,我这纤纤十指,应该十指不沾阳春水的,这油墨弄上去可怎么办啊?"

苏阳气得暴跳如雷:"你能不能干,不能干,滚!"

见苏阳这样不怜香惜玉,罗小妹幽怨地看了苏阳几眼,转身去切纸机边找她哥罗明刚。罗明刚很恼火,寻思着:"这苏阳和赵毅伟难道不是男人?看到我妹这样的女孩,一点不心动,一点不知道心疼?"

5

罗明刚想单独和苏阳谈他妹妹的事。只是钱不易今天很没眼力见，一直在房间里东拉西扯，即便暗示了几次，还是不走。

"钱老大，我要和老四谈点事，你回避一下。"罗明刚开口明示。

钱不易面色阴沉下来，看着罗明刚，又看向苏阳，眼里明显透出一丝不快。眼前这个自己看不起的书呆子什么时候成了香饽饽了。刚才在走廊上，一众女孩和他有说有笑，还让他吃饭。特别是夏冰，新华书店众男生仰望的女孩竟然邀请苏阳去她的闺房。现在，罗明刚更是把苏阳当作了一个有用的人。钱不易当然知道罗明刚找苏阳是为了罗小妹岗位的事，在钱不易心中，自己应该是众星捧月的主角，他，苏阳，一个书呆子有什么资格拥有这种光环？

罗明刚见钱不易还不挪步，终于不耐烦了："我说你怎么这么不见亮啊？"

不见亮就是没眼力见，或者，脸皮厚。有种响鼓不用重敲，但是破鼓你敲半天也没动静的意思。都是红螺县地方方言。

"你胆子大了啊，敢这样说你们老大了？"钱不易内心已经极度不快，但是表面上还是装作云淡风轻，故意轻描淡写地说道，"我说你找苏阳就是多余，既然一个是你兄弟，一个是你妹妹，那这事还有什么可商量的，不就是板上钉钉吗？苏阳，你还真敢不用罗妹妹？"

罗明刚脑子简单，听到钱不易这话明显是维护自己的意思，也就消退了怪他不避嫌的怨气，哈哈笑道："老大说得不错。老四，你还真要做一个冷面无情的人？我妹妹就是你妹妹，你能欺负她？"

苏阳面无表情地看了钱不易一眼，暗忖："他妈的好人被你做了，出了事老子背锅。"但他本来心软，真要是不让罗小妹做他后面的小工，还真做不出来。之所以白天对罗小妹声色俱厉，一来罗小妹确实不像干活的料，二来不杀杀她的娇气，以后更难管。

钱不易得意地看看罗明刚，脸上写满我一出马，他苏阳不敢拒绝的表情。罗明刚还真念了钱不易这天大的人情，站起身，说道："走，我请哥几个喝酒去。""好啊。老子好久没有喝酒了，肚子里都长馋虫了。"钱不易率先答应。

罗明刚见苏阳未动身，走到跟前一把搂住他的脖子："走。"

苏阳推开他的手，说："你们去，我不愿意喝酒。"

苏阳确实不愿意和罗明刚他们一起整天胡吃海喝，耽误时间，也囊中羞涩。虽然罗明刚和赵毅伟平时大方，偶尔会请钱不易和苏阳吃饭喝酒，经常把"兄弟几人需要有难同当有福同享"这句话挂到嘴上。但赵毅伟家在县城受父母宠爱，不缺钱，自己工资又高，平时交友甚广，和县城一帮同龄孩子称兄道弟，吃吃喝喝，追追女孩。这些，对他来说都是习以为常的事。他掏钱请吃饭的时候，钱是花了，但也偶尔抱怨："别老是让我请你们啊，你们也该意思意思。"罗明刚家在县城郊区，父母以种菜为生，菜农虽然也很苦，但收入比普通农民高了不少。罗明刚工资收入比苏阳略低，好在吃住都在家里，自己挣钱自己花，也能时不时地请大家吃一顿饭。

钱不易好像从来不缺钱的样子。仅抽烟就有两种，自己抽四五块的"红梅"，给领导的是七八块的"红塔山"，逢年过节也绝对不会漏了一个。几个人一起喝酒的时候，他的酒量不大，三两瓶啤酒就醉得不省人事，但最好喝酒，用他自己的话说是有酒瘾。在自己卧室里放了几瓶一百多的白酒，每晚吃饭都要就上一口。基本上赵毅伟请大家吃一次他都能回请一次，罗明刚请大家一次，他也回请一次。这样算来，四人之中钱不易请大家吃饭次数最多，苏阳最少。

苏阳不敢请大家喝酒，也怕大家请他喝酒。他口袋里没钱。

"走吧，又不要你花钱。"罗明刚事情办成，心里高兴。

"都吃完饭了。"苏阳搪塞。

"我请你喝酒，又不是请你吃饭。"罗明刚势必要拉苏阳出去。

"那也不能就咱三个人啊，赵毅伟呢？"苏阳找了一个理由。赵毅伟好挑人毛病，如果知道这三个人出去喝酒而不喊他，他会挖苦几个人十天半个月的。此刻，都已经下班了，赵毅伟肯定不在厂里。按照他的性子，也不可能在家里。苏阳以这种理由，总该能躲过这场酒。

"这好办。"钱不易胸有成竹，"我知道赵毅伟在哪。"

有意无意地，钱不易就是和苏阳作对。苏阳再没有理由拒绝，只好起身。众人走过走廊，李云问道："你们这是出去喝酒还是唱歌？"

"李姐，我们唱歌。你一起啊。"钱不易热情邀请。"这个啊……"李云犹豫起来，明天周六，晚上男人会来。虽然今晚喝酒，明天不会有酒味，但是喝完酒，身体毕竟虚弱，怕经受不住男人没完没了、疯狂折腾。一想起来这事，李云竟隐隐有些期待，甚至紧张、害怕。

"走吧。李姐。"钱不易再一次热情相邀，"徐老师明天才来，他也不会知道咱们喝酒。"

"走吧，我也去，"秦乐怡撺掇李云。见李云有点心动，抱起她的胳膊，"去吧，李姐，我想唱歌。"秦乐怡如邻家小妹一样哀求李云。

李云胳臂被两团柔软裹在中间，小声对秦乐怡说道："没想到你还真有货呢。"顺手捏了秦乐怡胸部一下。秦乐怡脸颊绯红，嗔怪："李姐，你真坏。"

另外一个女孩王晨看到李云、秦乐怡要和苏阳他们出去喝酒，也跟了上来。走在前面的罗明刚凑到钱不易面前，小声说道："钱老大，一下子这么多人，我口袋里钱不够，你等一下要支援我啊。"

"我没钱。"钱不易这时候小气得很，又不是他请客，他可不愿意花了钱还不落人情。

"不是你叫我出来喝酒的吗？这么不够义气，我又不是不还。"罗明刚知道苏阳没钱，又不想在女孩面前丢了面子，只好继续求钱不易。"借钱啊，行，你什么时候还？"钱不易揶揄着问道。

"15号发工资。"

钱不易低头默算了一下，也就剩四五天时间。于是从口袋里摸出一百块钱，递给罗明刚。这个动作故意迟疑了几秒，让秦乐怡和苏阳都看到他塞钱给罗明刚。秦乐怡还小声嘟囔了一声："真有钱啊，一出手就是百元大钞。"

几人到了楼下，马路依旧喧嚣。夜晚虽然没有几辆车经过，但沿路栽种的桂花树上彩灯璀璨。沿栏杆内部的过道不远，就有几处街头卡拉OK。每家相隔数百米，用一圈彩灯围了地盘，摆放着数十张简陋的桌椅，音响轰鸣，非常热闹。

钱不易凑近一家聚集很多人的唱歌摊位，没有看到赵毅伟，问罗明刚："这一家行吗？"

罗明刚摇头，口袋有钱，心里不慌，要找就找一家稍微高档一点的摊位，再说喝酒不找赵毅伟，肯定说不过去啊。

几个人溜溜达达，到了城塔广场。这里的夜生活最为丰富。在城塔和街心公园中间的广场划出几个区域：小食区卖简易饭菜和烤串，唱歌区有七八个街头卡拉OK摊位，还有一些卖粗劣工艺品的摊位依次排开。

赵毅伟果然在这里。正和几个年龄差不多的男孩在一家摊位上喝着啤酒，放开嗓子唱着最近流行的《一无所有》。见到钱不易等人，马上和几个同伴打了声招呼："哥几个，你们先唱着喝着，我和同事玩一会儿。"

那几人见到李云、秦乐怡和王晨三人，眼神放光。他们多是游手好闲的街头小混混，看到赵毅伟有这么多年轻漂亮的同事，个个长得水灵，打扮得花枝招展，纷纷起哄："赵毅伟，你不够义气，见到美女，就不要我们兄弟了。""不行，赵老弟。让你的美女同事陪陪我们。"

赵毅伟平时犯浑，在书店内也是吊儿郎当，但轻重还是分得很清楚的，知道自己这帮兄弟荤素不忌，保不齐做出出格的事。秦乐怡、李云、王晨都是书店同事，虽然不熟，但赵毅伟可不愿意这帮兄弟祸害了她们。连连拱手作揖，意思是兄弟们给个面子，别为难自己。那几个人哄堂大笑，朝秦乐怡等人吹着口哨，打着自以为是的手势。在赵毅伟一再哀求并愿意出双倍钱请大家消费的基础上，其中一个年龄最大的光头男人，朝众人压了压手掌："都他妈别瞎起哄了，让赵毅伟过去，咱们喝酒。"

赵毅伟脱身，走到众人跟前，和李云等人打了一声招呼，然后领着众人走到一处稍远的卡拉OK摊。坐下之后，有点不满地对罗明刚说："你请客不早一点说。"

"我也是临时起意啊。"罗明刚摊摊手，耸耸肩。"干吗带上她们？"赵毅伟是对钱不易说的。

"她们自己要过来的。"钱不易解释，"罗明刚和苏阳要喝酒，我说兄弟们喝酒肯定要叫上你啊。"

三个女孩一桌，要了六瓶一元一瓶的桂花露饮料，浅绿的小瓶子，淡淡的桂花香，冰镇之后，清凉爽口。四个男孩一桌，要了十二瓶龙津啤酒，也是冰镇的。大家开始唱歌，赵毅伟和罗明刚都是麦霸级人物，李云和王晨也不示弱。

唱到兴起，王晨对李云说："咱也喝酒吧，这饮料喝得没意思。"

"强哥。赵毅伟小子不够义气啊，有女孩躲在那边玩，不带我们。"另一边，几个男孩流里流气地看向这边，其中一个对着为首那个光头男人说道。光头男人灌了一口酒，吐出一口酒气，眼睛瞟向这边，最后停在了秦乐怡身上，凹凸有致，粉嫩滴水。吞了一口口水，看看几个小弟。小弟马上领会了他的意思。其中一个人说道："我去把赵毅伟那小子支开，让这几个丫头陪我们。除了那个瘦子，另外两个长得真水灵，咱们今晚就把她们办了。"

"那另外三个男的呢？"其中一人问道。"就那几个土货，敢说一个'不'字，老子手上的啤酒瓶也不是吃素的。"

被叫作强哥的光头男摆了摆手，稍显理智地说道："别动不动就办了，我也算是新华书店的，与这几个也算是半个同事。做事要讲究。"

原来这位强哥的父母，也是新华书店的，他的残疾哥哥接替了父母的班，就住在新华书店家属院内。强哥上学的时候就是一个混子，长大之后去外地闯荡了一番，有没有名堂不知道，反正三十好几的人了，整日混在街头。他偶尔去书店院子，看到过几个女孩，对秦乐怡早就有了印象。

"那也不能让赵毅伟这小子这么得意，身边好几个女孩，咱们却只能素喝素唱。"其中一个小子愤愤不平地说道。

没有女孩，酒喝得也不畅快，歌也唱不利落。"不行，我去找他，教教他怎么做人，怎么孝敬大哥。"

他起身，示好地看看光头男人，见强哥没有反对，立即拎了一个酒瓶走向赵毅伟一桌。

苏阳五音不全，即便是喝了几瓶啤酒，大家都要求他唱歌，他也没敢开口。他正在认真看着秦乐怡唱歌的时候，一个身影挨近他，然后身子一挤，将苏阳挤出椅子。苏阳下意识地双手扶地，整个身子才没有摔在地上。站起身，就见自己椅子上坐了一个黄毛。

"你干吗？"苏阳怒气冲冲地问道。黄毛斜眼看他，另外一只脚架到钱不易椅子上："你不服？"

苏阳看这人摸样，知道是找事的，话到嘴边，忍住不语。钱不易看了眼前"屁股"一眼，站起身走到一边。

"黄毛，你想干吗？"赵毅伟见黄毛不给自己面子，很不高兴地问道。"赵毅伟，你脑子不灵光了？还是觉得自己混好了，敢丢下老大和我们，自己带着一帮娘们唱歌、喝酒？"

赵毅伟就要发火，朝黄毛冲过来，被罗明刚拉住。

　　赵毅伟也不想节外生枝，毕竟和黄毛等人平时玩得也不错，就坡下驴，对黄毛说道："我不是请兄弟们吃饭了吗？再说，这都是我同事。强哥也答应了啊。""我不管，要说你和强哥说去。不说，就让这几个丫头陪我们耍耍。"黄毛可不念旧情，对赵毅伟横眉冷眼，手中啤酒瓶跃跃欲试，一副不服就干的架势。

　　赵毅伟站起身，说道："咱们一起去找老大。"

　　黄毛站起身。

　　赵毅伟小声在罗明刚耳朵边交代："马上通知二胖，另外，叫苏阳带三个女孩回去。"然后和黄毛转身离开，去和强哥交涉。

　　二胖名叫常晓飞，常乾明的儿子，是罗明刚最要好的同学，平时有一帮要好的哥们，自己虽然不招惹是非，但这一帮哥们中间有好几个能打的。赵毅伟知道今晚的事可能不容易善了，先让罗明刚拉来帮手，只要自己人多势众，强哥等人就不敢拿自己怎么样，而且二胖父亲是书店领导，强哥不看僧面也要看佛面。

　　赵毅伟和黄毛一离开，罗明刚马上要求苏阳带李云等人回去。钱不易也要一起回去，被罗明刚制止住说："你赶紧回书店家属院找二胖，就说我们这边有事，让兄弟们都过来。"

　　李云喝了不少酒，还要唱歌，被秦乐怡和王晨拉起来，有点意犹未尽地跟着苏阳往回走。罗明刚好像想起来什么，说："你们不能走鼓楼大街回去，这帮小子会追上来，你们绕远道回去。"

　　苏阳喝了三瓶啤酒，有点不胜酒力，但是此刻，也不敢大意。

48

四个人绕过公园，选了比鼓楼大街远两倍的环城路，刚走了一截，秦乐怡就开始晕晕乎乎，脚步打颤。还没等李云反应过来，就哇哇吐了出来，李云新穿的裙子被吐脏了一块。

　　秦乐怡吐完，可怜巴巴地蹲在地上。"我实在走不动了。"

　　李云不敢再扶秦乐怡，怕新买的裙子又被她吐得一塌糊涂，王晨扶着秦乐怡一步一跄跄前行。秦乐怡身材丰满，王晨扶得吃力，看到苏阳优哉游哉地走在身边，没好气地说道："苏阳，我说你个大男人就不知道怜香惜玉？就不知道帮我把秦乐怡弄回家？"

　　"我？"苏阳指指自己。"你不会说你不是男人吧？"王晨说话不多，但是每一句说出来自带点锋芒。

　　李云说她说话刻薄，但是王晨说："我说话就这样，爱听不听。"

　　苏阳性格有点内向，秉持着男女授受不亲的传统思想。在女孩面前比较腼腆，从小和女孩玩得就少。即便如此，高中三年还是和卢曼越传出了早恋绯闻，被老师约谈家长。后来高考失利，更被亲友老师归纳为早恋的原因，之后再不敢和女孩走得近了。王晨此刻要他搀扶秦乐怡，苏阳开始犹豫。

　　"你管不管？不管我也不扶了。"王晨见苏阳犹犹豫豫，索性甩开秦乐怡缠住自己手臂的手。秦乐怡站立不住，半蹲在地上，半边屁股着地。

　　"赶紧去吧，扶一下也没事。"李云推了苏阳一下。

　　苏阳犹豫了一下，走近秦乐怡，拉起她的胳臂。秦乐怡身子重，苏阳轻轻拉了一下没有拉起来，再拉，秦乐怡身子侧向一边，差点躺在地上。苏阳没法子，伸出手从秦乐怡腋下穿过去，然后发力，要将秦乐怡抱起来。秦乐怡醉眼蒙眬，看到面前突然站了一个男人，而且与自己很近，就要脸贴脸的样子，身子本能后仰。这样一来，本来就很丰满的胸部就挺得更高，两座山峰挡住了苏阳的双眼。

苏阳吞了一口口水，身体竟然有了一些反应，赶忙朝身边看去，还好李云和王晨在漫不经心地看风景。苏阳做贼心虚地将身子往后退了退，没人搀扶，秦乐怡又要向后倒去。

"大丈夫行事当光明磊落，可不是我有意要占便宜，权衡之下，这也是没有办法的办法啊。"苏阳脑子中飞快地闪过这些君子行为准则，然后双手搂住秦乐怡，温柔入了满怀。终于半抱半拉着将秦乐怡拖了起来。秦乐怡找到依靠，整个身子撞入苏阳怀里。夏衣单薄，肌肤紧挨在一起。秦乐怡口中嘤咛一声，脸也贴在了苏阳的脸上。苏阳慌不迭躲过，转头的时候，可巧不巧的是，嘴唇碰在了一起。

"我……"苏阳脸红不已，心跳加快。这是？难道是初吻？苏阳忍不住下意识地挪了挪脸的位置，嘴唇触碰，香甜、悠长……

"你俩磨蹭什么？"王晨从看风景的状态中回过神来，看到苏阳和秦乐怡这个姿势，觉得夜风都吹起了暧昧。"大庭广众之下，注意点啊……"

苏阳转过身，将背对着秦乐怡，准备背起来前行。秦乐怡被风一吹，酒劲上来，身体瘫了一样。苏阳双手扶着她臀部，立刻陷入想入非非中。苏阳红着脸将秦乐怡背在背上。后背，两团丰满的肉体挤压过来，就如两座温暖的山。

李云和王晨一左一右，又前行了五六百米。苏阳体力不支，蹲下身，对着她们说："我实在背不动了，歇歇吧。"

"这样磨蹭，十二点都回不去。明天还要上班呢。"王晨很不高兴地说。

李云看到不远处有一辆黄包车停在昏暗的路灯下，赶紧挥手让打着瞌睡的黄包车夫过来，一问价格，漫天要价，白天一块的价格变成了五块，而且一次顶多拉两人。

李云咬牙从口袋里掏出五元钱，递给黄包车夫，然后让苏阳将秦乐怡放在车座上。苏阳刚想上车，王晨已经眼疾手快地坐上去了，对李云和苏阳说："我先送秦乐怡回去，你们再喊一辆车吧。"然后催促黄包车夫，两人绝尘而去，只留下李云和苏阳面面相觑。

6

月光悄悄地穿行在几朵云之间，不知道是月在动，还是云在走。

金秋时节，满城的桂花香浓。香味弥漫中让人沉醉。

李云走在苏阳前面，两人距离相隔一步，苏阳从后面看过去，李云好像很孤单很忧郁的样子。

突然，李云停下脚步，回头，怔怔地看着苏阳。苏阳被看得莫名其妙。"为什么不走了？"苏阳打破沉默，用话语化解尴尬。

李云见苏阳不走，也停下脚步，见苏阳还未动脚步，又退后一步，与苏阳并肩，两人距离不到一尺。

"走吧。"李云小声说。两个人沉默着走了一段，如一对恋人走在昏暗的路灯下。路灯与人之间隔着一排高大的桂花树，桂花树下是杂乱的灌木丛和青草，路灯之外，环城河静静流淌。

走了数百米，李云再一次停下脚步，轻声对苏阳说："可以陪我到河边坐坐吗？""嗯。"苏阳没有拒绝。其实，他的思路还停留在刚才，身体和秦乐怡接触的时候，尤其是嘴唇无意触碰的感觉。

李云突然拉起苏阳的手，苏阳想要挣脱，李云加大力度。苏阳顺从了，两人牵手穿过桂花树丛，穿过灌木丛，穿过青草地，走到河边。此处只有月光，有河水轻轻流过，有夜风从指缝间穿过。

到了河边，李云蹲下身子，弯下腰伸出手撩起一些水洗了洗被秦乐怡吐脏的裙子。河坡很陡，李云站立不稳，差点栽进河里。苏阳上前，牵住李云的手，不让她掉进河里。

护城河常年有水，虽然每年都例行修缮，但岸堤每次修好都会被雨水和河水冲刷，犬牙交错，很容易掉进去。李云换了一个姿势，还是没有撩起足够的水，身子更向河里倾斜。

李云看着天上的月，又看看苏阳。突然放开苏阳的手，站直身子，在苏阳惊讶的眼神里，迅速脱下裙子，只剩一套合身的内衣。苏阳赶紧转过脸去。"我就这么不好看？"李云拉住苏阳的手，眼神幽怨。

"我……"苏阳转头，不敢看李云的脸，月光之下，女人烟视媚行。苏阳忍不住低头看去，蕾丝内衣，薄薄地缠在身上，身材不够丰满，但是玲珑有致。

李云低下头，要苏阳扶住自己，双手抓住裙子，在水里摇摆，要洗干净秦乐怡的呕吐物。

河堤很滑，都是乱石，乱石不受力，李云一个没站稳，跟着乱石落进河里。李云"啊"的一声惊叫，身子已经被河水淹了一半。"救我。"她尖叫一声。苏阳水性不好，但看到李云在河里扑腾，还是不敢耽搁，跳进河里。护城河的水看似流淌平缓，却是藏着乾坤，暗流涌动。

转眼间，李云已经被河水冲向下游五六米，加上她乱扑腾，随时有被漩涡圈进深水区的危险。苏阳这水性，在平缓区域也就会个狗刨式，到了深水区，别说救李云，他自身都难保。

"快救我，苏阳。"李云大声疾呼，夜空之下，满是慌张。

苏阳奋力冲去，抓住李云手腕。李云身子漂起，双手乱抓，见到苏阳的手伸过来，如见救命稻草。苏阳赶紧躲避，要是被她双手缠上，两人都有溺水的危险。

关键时刻，苏阳抓起李云的裙子，裙子一头缠在树桩之上，苏阳借力将脚落在河床实地上，站稳身形，然后拉住李云，让她安静下来，等李云站住身形，水的冲力变小。苏阳再小心翼翼地将李云推上岸，自己手脚并用也爬上了岸。

劫后余波，惊魂未定。

李云等苏阳爬上岸后，冲过来死死抱住苏阳。"我以为刚才自己真要死了。"

身体紧贴，湿淋淋的。苏阳身体又不争气地有了变化，凸起的地方顶在李云的小腹部，那里微微隆起，很有生命力的样子。李云不管不顾，抱着苏阳半吊在他的身上，双手死死缠在苏阳的脖子上。

"我透不过气了。"苏阳拍拍李云后背，先让她安静下来。

好久，李云放开手，看着苏阳，满脸绯红。

李云的裙子已经湿透，被洪水冲刷又被树桩缠住，烂了几道口子。

"怎么办？"苏阳展开裙子给李云看。李云看了裙子，有点心疼，但也很无奈。好在夜已深，路上没有几个行人，这树枝、草丛背后的河岸更是阒无一人。"只要能遮体就行，反正被秦乐怡吐脏了，我也不想要了。""让徐老师再给你买一条。"苏阳安慰道。

"别提他。"李云突然不悦。苏阳有点莫名其妙，不过此刻也顾不了那么多。刚才在水里挣扎一番已经精疲力竭，他找了一个平缓的地方坐下，湿衣服紧贴在身上往下滴着水。

"脱下来，我给你拧干。"李云走到跟前，不容置疑的口吻。

"可是？"苏阳哪好意思在李云面前脱衣服。李云此刻就只剩内衣，被水冲刷之后，半个胸脯露在外面，月光之下，白花花的一片。自己再脱了衣服，那，这夜晚，是多么尴尬和暧昧。

李云咬牙，双手抓住苏阳的上衣，强力脱了下来。看着还算强劲有力的光洁肌肤，咽了一口口水。

可能是酒精还在起作用，她不管不顾地抓住苏阳的腰带。声音很低，却不容置疑地说道："脱下来，我给你拧干。"

"不要。"苏阳嘴里说着，却鬼使神差地没有阻拦。

裤子脱下，只剩内衣，李云低着头看到顶起的部位，脸红得像火烧云。两人抵肩而坐，相顾无言。蓦地，李云凑近苏阳耳边："我刚才看你亲秦乐怡了。""没有。"苏阳赶忙否认。"我就是看到了。"

苏阳找不到解释的话语，默默坐着。突然，李云钻进苏阳的怀里，手在动作。苏阳对男女之事毫无经验，然后李云就骑在了他身上……

风从旷野吹来，摇落了一树桂花。风从河面吹过，层层涟漪在月光下闪着银光。夜色如波，在起伏，在身体里涌动。

李云失去理智一般，渐渐疯狂，身体不停扭动，双手抓住苏阳的胸部、胳臂……

苏阳迷失了，随着身体的不受控制，脑子也失去思维力，唯有感觉，变得无比清晰。

"这是？难道这就是男女之间的事？人家说乐不可支，快感无穷。我就这样失去了第一次？但好像没有什么遗憾啊，反而，很喜欢。"

良久，李云喘着粗气趴在苏阳的身上，如离水的鱼大口喘息。苏阳本能地翻过身，将女人压在身下，然后毫无规律，毫无节制地冲刺。两个人就在岸边，离水面不过一尺，如两条刚刚离水的鱼，翻腾不休。

李云淡然地穿起衣服，看了一眼苏阳。"就这一次。"然后套上破碎的裙子，站起身决绝而去。苏阳在风中凌乱。

"什么意思？不是她主动的吗？而且那么有经验，就像指导我破除了我十八年禁忌的导师。怎么看她样子，好像我强迫了她一样。"

夏冰作息时间一直很规律，晚上十点准时睡觉，早晨六点准时起床。今晚到了十点却毫无睡意。

苏阳他们下楼的时候，她在门后听到响声，然后透过窗户看到苏阳一帮人热闹地走向马路。

走廊里传来人声，透过门缝一看，不是苏阳。到了晚上十一点，听到走廊响声，赶忙跑到门边，还不是苏阳，而是醉醺醺的钱不易。过了半小时，走廊里传来人摔倒的声音，夏冰索性打开房门，看到是烂醉如泥的秦乐怡和稍微清醒的王晨。

"怎么喝成这样？"夏冰厌烦地问了一句。"你管我？"秦乐怡酒醉之后分不清谁是谁，对着夏冰嚷道，"我还要喝。"

夏冰狠狠瞪了她一眼，略带教训的口吻说道："一个女孩子家，喝这么多酒，早晚要出事。"

王晨看了夏冰一眼。这样的夏冰让她害怕的同时，也有一点亲切的感觉，与往日冷冰冰的夏冰不同。此时的夏冰有了一点人情味和烟火气。王晨使劲将乱嚷乱叫的秦乐怡拉回房间。秦乐怡脑筋一抽，大声喊道："苏阳呢，他刚才亲我了，我要去他房间。"

夏冰的身体一下子僵住，看着秦乐怡背影，就要上前追问。走到门口，停下脚步，暗中思量："我有什么资格责问他们？"

还没睡着的钱不易听到秦乐怡喊叫，也走到门口，心中不愤："凭什么这样的好事都被苏阳臭小子占了？我们打生打死，他倒是先占了便宜。"

苏阳坐在月色下的河岸上，手足无措。想要抽烟，手伸到口袋里，掏出的烟盒全被水浸湿了，火机也不知去向。站起身，无趣地往回走。到了宿舍，还浑浑噩噩的。在经过夏冰房间前，他踮起脚尖，不敢发出声响，走过李云房间的时候，更是不敢往门上看，生怕房间的门突然打开，然后面对李云的追问。

回到房间，钱不易竟然没睡，开着灯，眼神玩味地看着苏阳。苏阳做贼心虚，进了后面的屋，"啪"的一声关上门。

这一夜，半睡半醒，深陷在凌乱的梦境里。有水，有白花花的蛇缠绕在自己身上，然后差点窒息。而身体也发生了变化，那种从男孩到男人的变化。好像很精致的瓷器有了裂纹，好像某种叫作贞洁的东西毫无准备地丢失了。

早晨醒来，苏阳比往日迟了数十分钟，钱不易已经上班去了。苏阳匆忙洗漱，然后下楼，在早点摊买了三个米饺，一份豆腐脑。

早点涨价了，三个月前，苏阳刚到县城的时候，米饺1毛钱一个，豆腐脑一毛五一碗。现在米饺涨到一毛五，豆腐脑涨到三毛。那时候一顿早点4毛左右，现在吃饱差不多要一块钱了。虽然苏阳提前转正，工资由九十块涨到一百三十块钱，但也跟不上这物价上涨。而且听早点摊的老板说，这东西还要涨，原料一天一个价，说不定哪天米饺就涨到二毛三毛，豆腐脑一块一碗。

苏阳哀叹，再这样下去，早点都吃不起了。

到了车间，苏阳还有点做贼心虚的样子，低着头迅速穿过切纸机，连罗明刚叫都没有反应。苏阳快速通过装订车间，进了胶印车间。室内的机器一直在启动状态，没有运行，也没看到赵毅伟，只有他手下的两个女孩小工百无聊赖地坐在工位上。看到苏阳，一个脸型圆乎乎的女孩赶忙站起身说道："师傅，你可算来了。刚才厂长都来几次了，非常生气，说任务这么紧，你们胶印车间却这么松垮。"

"赵师傅呢？"苏阳问这个名叫胡园园的胖脸女孩。在车间，工人相互称呼都是"师傅"。有职位的叫班长、主任、经理、厂长。即使一个车间的赵毅伟和苏阳也不例外，当然没人的时候就是随便叫了，"狗日的、你丫的"或者礼貌一点"你小子"等等。

"还没来呀。"另外一个女孩说道，名字叫赵红青，是赵红芳的姐姐。姐妹两个一个跟着赵毅伟，一个跟着苏阳。名义上是人事经理和黄班长安排的，其实都是范班长的关系。范班长家和赵红青、赵红芳家关系很好，经常一起喝酒。

苏阳检查了一下机器，看指示灯亮着，没有问题。让两个女孩装好纸，自己调好油墨，前后巡视了一遍，然后说："开机吧。"这个动作看似简单平常，却很重要。08胶印机机型很大、很长，站在前面看不到后面，站在后面看不到前面。装纸、接纸、上油墨、擦滚筒，数道工序有时候需要同时进行。如果不相互照应，突然开动机器，很容易出事。苏阳有一个同学前段时间就出了事，在擦拭滚筒的时候，小工突然开机，手被压到了滚筒之中。虽然做了手术，但还是截了几根手指。同学在私人印刷厂，据说也没赔什么钱，年纪轻轻就成了残疾。苏阳和一帮同学去看望他，这位同学满脸悲戚，令人唏嘘不已。

机器轰鸣起来，纸张飞快地从进纸器通过滚筒到了后面接纸台上，接纸的赵红青心不在焉，接纸台上的纸都落满了，她还在发呆，苏阳没好气地嚷道："干吗呢？"

赵红青缓过神来，幽怨地看了苏阳一眼，懒洋洋地卸纸，一不小心，纸张脱手，散了一地。苏阳非常恼火，刚印刷好的纸张发软，不好整理。他瞪了赵红青一眼，嘟囔一句："你不能用心一点啊。早上本就耽误时间了，现在你再这样，今天任务肯定完不成。"

"怪我啊。"赵红青不满苏阳的态度，翻了一个白眼。

苏阳让胡园园和赵红青换了一个位置，一个装纸，一个卸纸。这时候赵毅伟懒洋洋地走进来，看到三人手忙脚乱的样子，没好气地说道："都在搞什么，废物一般，干了三四个月了，还乱成这样。"

"我在给你顶班好吧。"苏阳没好气地说道，突然看到赵毅伟眼眶乌青，非常诧异地问道，"被人打了？"

"还不是因为保护你们这群废物，昨晚和人干架了。"赵毅伟把昨晚苏阳走后的经过说了一遍。原来光头、黄毛这一帮人很不满意赵毅伟支走三个女孩，一直没事找事，动手动脚。赵毅伟百般忍让，这帮人就是不罢休。赵毅伟脾气本来就不好，几个人立刻扭作一团。罗明刚让钱不易叫人，钱不易拖拖沓沓，等二胖他们赶到的时候，赵毅伟和罗明刚已经被乱拳打倒在地身上、脸上青一块紫一块，直到二胖等人去了现场，两帮人势均力敌，光头他们才收手。

"感谢啊。"苏阳对赵毅伟拱拱手。对于赵毅伟关键时候的义气和挺身而出发自内心地感谢。"我给你代班吧，免费的，你先歇着。"主动掏出一支烟敬给赵毅伟。只有赵毅伟在胶印车间可以随便抽烟，即便厂长看到了也只会平淡地警告一句。几个班长对别人要求很严，见到赵毅伟却客客气气。赵毅伟接过都宝烟，抽了一口，呛了嗓子，眉头直皱，不满意地说："你小子老抽这劣等烟，呛死老子，你赔得起吗？"突然又想起什么，直勾勾地瞪着苏阳，"听说你小子昨晚把秦乐怡办了？"

苏阳吓了一跳，真是好事不出门，坏事传千里啊，昨晚的事怎么这么快就都知道了。难怪进车间的时候，大家都用异样的眼光看自己呢。刚才还以为自己做贼心虚，原来是昨晚和秦乐怡亲密接触的事被传开了。但也仅仅是肌肤接触，不得已而已，顶多是嘴唇碰了一下，怎么就传成"办了"。办了的意思可是那个了啊。

"没有没有，瞎说什么啊。昨晚还有李云、王晨呢，而且秦乐怡是和王晨先回去的。"苏阳赶紧解释。

"那她俩回去了，就你和李云在一起？你俩孤男寡女，大半夜的，别跟我说什么都没有发生？是你办了李云，还是李云办了你？都给我老实交代，否则，嘿嘿……"赵毅伟用探究的眼光审视苏阳，并指一指自己乌黑的眼眶，意思"你不老实，你的眼眶也会和我一样"。

苏阳虽然心里发慌，像是昨晚的事被人捉奸在床一般，但这事，苏阳绝对不能承认，打死都不认。

7

红螺县新华书店印刷厂自从加了 08 胶印机后，业务蓬勃发展。省店给了书刊印刷任务，普通书印数在 3000—50000 册，数量惊人。即使这样，书店领导来厂里视察的时候还是感叹书的印刷数量大不如前。以前，一本书少说都是万册以上，甚至是数十万册。像金庸、古龙、琼瑶等只要有了版权，就是数百万册。哪怕是贾平凹等名家，也是以数十万册计算。哪像现在，一本书到了五万册的量，就顶死天了。好在新华书店系统有其得天独厚的条件，印刷社会书，只是业务补充，主要业务还是书本和教材，这个属于独家。只要红螺县新华书店印刷厂和省店省厂搞好关系，业务就源源不断。

省店省厂派人到红螺县新华书店印刷厂视察了几次，设备虽然还是比较简陋，但质量抓得不错，结果是在书籍印刷基础上又分了不少其他高利润业务。比如对联印刷、日历印刷和制作业务，这几项业务的利润比书籍最少高一倍。

红螺县新华书店印刷厂从阳历 8 月开始就加班加点，并喊出"大干一百天，发扬新新华精神"的口号，横幅就挂在书店和厂门口。

整个厂子的人都忙碌起来，比如胶印车间，机器十六小时转动。赵毅伟八小时，苏阳八小时，每天都是满负荷运转。赵毅伟班组印刷书籍，苏阳班组就印刷对联，还有书的封面。书籍印刷比较容易，多是单色双面，只要对好纸张尺寸就行。印刷对联就比较麻烦，需要先在白色的纸张上印上红色，颜色调配还不能有些许偏差，否则印出来的对联底色就会暗淡无光泽。晾干之后，再在上面印字儿，黑色或者金色，有时候还要在字的边框套上金色框框。几种颜色就几道工序，既要掌握好颜色又要掌握好纸在机器里运行的尺寸，否则颜色不对，字和边框也会出现差错。印刷彩色封面更麻烦，最基本的四种基础颜色，黄、红、蓝、黑，从浅到深，一层一层套印，印刷流程不能有丝毫差错。每印一种颜色就要清洗一遍机器，否则上一道工序的残色会污染下一道颜色。按理说赵毅伟技术好，对联和彩色封面应该是由他负责。但厂里对班组的任务考核只计数量不算难度，赵毅伟每天八小时优哉游哉，苏阳却要忙得焦头烂额。当然，因为技术比较欠缺，他常常在赵毅伟当班的时候过来帮忙，顺便学习一些技术。

除了胶印车间，其他班组也很忙碌。比如装订车间，黄清带领二十多个女孩，装订书籍、装订日历，从早到晚，两个班组连轴转。黄清本来说好要请苏阳等人去家里吃饭的，这话说了半个月了还没有兑现。黄清好几次看到苏阳都略带歉意："苏阳啊，可不是姐说话不算话啊，主要是这段时间太忙了，我家你曹哥都说我好几次了，既然说请你们吃饭了，还一拖再拖，家里黄花菜都凉了。"曹哥是黄清丈夫，在县里一家老国营单位上班，工作比较清闲，平时喜欢写写东西，看看书，理想是当个作家。但写了很久至今连一个豆腐块都没有发表，听黄清回家说单位新来一个小伙子东西写得不错，经常在县广播台发表。前段时间还在省晚报上发了两篇散文，立即来了兴趣，要黄清邀请他来家坐坐，相互交流交流。

黄清本来不想邀请苏阳，毕竟前段时间吵过架，因为苏阳那愣头青不问青红皂白，为一个故意装可怜的女孩打抱不平，在大庭广众之下和自己顶嘴，让自己面子很不好看，但丈夫说了，这事就不得不办。丈夫虽然有点残疾、挣钱也不多，但人家是城里人，自己是山里来的。能嫁给他，表面上是夫唱妇随、举案齐眉，实质上城里人看乡下人的那种优越感根深蒂固。丈夫家的七大姑八大姨话里话外，都是黄清占了便宜，高攀了曹家。好在丈夫对自己很好，也不拿城乡说事，反而在公婆面前处处维护自己。

　　黄清找了个机会，对苏阳说："我丈夫也喜欢写写东西，想邀请你来家吃一次饭，你们俩应该有不少共同语言。"这是苏阳来县城之后，第一次有人邀请去家里吃饭，还是自己不懂事顶撞的黄清，很是诧异。黄清瞥了一眼苏阳，以为他不答应，有点不悦地说道："呦，架子不小啊，我还没请过书店任何人去家里吃饭呢。"

　　"哪里敢哦，黄姐，我是有点意外，没想到你会请我吃饭。"苏阳赶紧解释。"这样啊。还记仇哪，吵架那事过去就过去了。"黄清明白苏阳的意思后，也是淡淡一笑。两人冰释前嫌，反而比以前亲近了不少。虽然因为忙，没挤出时间到家里吃饭，但三天两头地，黄清就会从家里带来一些自己做的点心，给苏阳吃。苏阳也找了一些自己发表稿件的报纸，让黄清带给曹哥，并要来曹哥写的文章，很认真地看了，并给了一些修改建议，又选了两篇新闻稿送到广播台，让舅舅帮忙发表。曹哥的文章虽然没在报纸发表过，但能被广播台录用，也是非常高兴。晚上抱住黄清运动了一番，黄清很久没感受到这种被征服的温存了，知道这都是苏阳的功劳，对苏阳更是青睐相加。

钱不易这段时间也非常忙碌，日历还是原始的排版印刷。排版就需要铅字，铅字库里存货不多而且铅字磨损率高，需要不断铸字。不忙的时候钱不易都要装作忙碌的样子，现在忙了，走起路来更是脚后跟打脑袋，不停穿行在铸字车间和排版印刷车间。操着大嗓门，很怕别人不知道他多忙，多重要，不可或缺。

　　钱不易忙归忙，但还不时地往胶印车间跑，美其名曰做好自己本职工作的同时支援兄弟岗位。赵毅伟在的时候，钱不易进胶印车间不敢多嘴，只是恭恭敬敬地给赵毅伟倒茶、敬烟，然后忙前忙后给赵毅伟打下手，甚至连用汽油、松香水擦洗滚筒的脏活累活也抢着干。赵毅伟知道他在偷师学艺，也不说破。只是不断腹诽："就算你钱不易技术学得再精湛，还能想到胶印车间就来胶印车间？退一步说，就算你钱不易能来胶印车间，还能顶替我的岗位？"

　　钱不易习惯了在苏阳面前指手画脚。可能，他觉得四个人中他是老大，苏阳是老小。怎么说，老大就是老大，即使在以苏阳为主的胶印车间的班组上，他也只是看着苏阳忙碌。别说端茶倒水敬烟点烟这些事，就是苏阳让他帮忙启动一下机器，他也是双手抱胸，不但不帮忙，反而会说你这也不对那也不对。苏阳懒得理他，自顾自地忙自己的。钱不易压根就没考虑过苏阳态度，转过身和两个小工聊天，甚至是打情骂俏。罗小妹性格本来就跳脱，只是因为在苏阳面前，才装得弱不禁风斯斯文文，以便给苏阳一个淑女的样子，对于钱不易的挑逗装作视而不见。反而看似文静的赵红芳和钱不易一人一句，越说越热闹。钱不易愈加放肆，甚至连成人之间都不敢轻易开的黄段子也拿出来说。赵红芳有时候听得面红耳赤，但是转身又和钱不易打得火热。

苏阳看到钱不易严重影响自己班组效率，对他发出严重警告："你再这样，我去找厂长了。"

钱不易冷哼一声，怒气冲冲地走出胶印车间。背后里又做起小动作来，找到范班长，说这段时间铸字车间工作量巨大，自己一个人根本忙不过来，需要加人，否则影响铸字进度。铸字进度一受影响，肯定拉低排版印刷进度。印不出来，那装订车间、切纸机、仓储都会受到影响。整个厂子的生产进度都会滞后，到时候"大干一百天，发扬新新华精神"就是一个笑话了。范班长表示同意，说"你要加人，可有合适人选？"钱不易说："胶印车间赵红芳就很好，年轻聪明，学东西快。"

范班长有些为难，毕竟胶印车间属于厂长亲自领导，自己不能轻易动用里面的人员。钱不易对人心拿捏很是到位，当天就请范班长吃饭。又给范班长、周班长各送了两条"红塔山"，再添油加醋甚至是无端捏造了苏阳的种种不是。比如，说苏阳对食堂不满并四处散布谣言，说食堂饭菜一成不变，永远都是小葱和豆腐，还说饭菜不准点，饭菜都馊了等等，这切中了范春阳的七寸，那食堂可是自己姐姐范春华赖以谋生所在啊，苏阳这小子敢这样胡说，是不是不想在书店混了。钱不易看火候差不多了，立马火上浇油，说苏阳利用工作之便欺负女孩，乱搞男女关系。现在书店一大半人都知道他和秦乐怡不清不楚，秦乐怡当众人面说苏阳趁她醉酒亲她了，欺负她了。

范春阳有了充足证据，转身去找厂长，先说苏阳有严重问题，需要处理，不然对厂子形象不好。厂长没有轻易下结论，而是发扬一贯的民主，叫来赵经理、周班长、黄清等人开一个会。

赵经理对苏阳一直有意见，自然是同意严肃处理苏阳，而且咬牙切齿地说："这人我看着就有问题，长得白白净净，看似人模狗样，却老做缺德事。"说完又加了一句，"小白脸都不是好东西。"

这句话不说还好，说完，本来准备说同意的周班长，把话收了回去，因为他也长得白，而且自诩风流，即使他老婆就在车间，他也敢拉一帮女孩、女人打情骂俏。

赵经理还要说下去，被厂长常乾明挥手打断："咱们在研究正事，这些荤素不忌的废话就不要说了。"赵经理是张副科长的人，安排在印刷厂做经理兼会计，就是张副科长给自己插的钉子。所以知道苏阳是吴副科长的关系后，就很不待见苏阳。同时，常乾明也知道钱不易能进新华书店，走的是张副科长关系，所以，在常乾明心里，早就已经把钱不易列入了黑名单，绝对不会给他安排好的岗位。

这赵经理也很烦人，自己长得黑，所以讨厌长得白的。对人两面三刀，见人下菜碟，见到领导谄言媚笑，见到下属也分两种，一种是故作谦和，家长里短，一种是本来就黑的脸更黑。她不愧是张副科长一系的人，为张副科长的利益在厂里横冲直撞，说话不管不顾，不达目的誓不罢休。常乾明曾经和吴副科长反映把这个人弄走，吴副科长说道："明目张胆和我们作对的，我们不应该怕，因为我们知道他是我们的敌人。就怕那些阳奉阴违的人，防不胜防。"

常乾明一想也是这个道理，比如厂里几个中层，赵经理绝对是敌方的人。黄清性格清淡不掺和是是非非，只站在道理一边。范春阳算是自己线上的人，就是有点轴，分不清大是大非，前几次就帮钱不易找过苏阳麻烦。他就是有点拎不清钱不易和苏阳到底属于谁的人，自己已经跟他暗示过很多次了，他就是棒槌一个不开窍。这话又不能明说，说苏阳是吴副科长安排在厂里，准备做班长培养的，这话要是说给范春阳，不到两小时，整个新华书店的人都能知道。

常乾明最怕的是周班长这种人，分不清敌友，表面和谁都搞得来，但是和谁也都不亲近。

周扬被赵经理一句话呛得，本能地以为这老娘们含沙射影说自己呢，所以他马上否定了要处理苏阳的意见，并问："赵倩，你就没年轻过？就没谈过恋爱？男女之间拉拉手有你说的这么严重？什么道德败坏，影响厂纪厂容？"赵经理长得难看，却有一个好听的名字赵倩，倩倩佳人的倩。

赵经理被周班长一顿抢白，一时之间有点无力反驳，张了张口，又把眼神飘向黄清，向黄清求救。这倒不是因为她们两人关系多好，反倒是她俩谁都看不上谁。黄清觉得赵倩一身俗气，像个长舌妇一样。东家长西家短，谁家买了个好电器，谁家婆媳之间吵架，凡是认识的人都被她在背后说了一个遍。而且嫌贫爱富，老是显摆自己家有钱，自己老公当官的。岂不知她老公所谓的"当官"，只是在镇里当一个文书。而且在外有女人，多少年碰都不碰一下这个黑脸婆了。对于黄清这个乡下人，赵倩更是看不起。进城之后高攀嫁给了城里人，老公还有点残疾，而且是一个国营老厂的普通职工。在单位，赵倩觉得自己在黄清这个大集体工面前可以高高在上，自己可是有编制的。她甚至看不起黄清这高冷的样子，对什么事都看得很淡，只是一心做好自己的工作。赵倩不觉得黄清这种轻易不谈人是非，是一种美德，反而觉得黄清身份卑微，融不进好的朋友圈。但是此刻，同为女人，赵倩还是想拉黄清作为盟友。

"黄班长，我知道你为人正直，生活作风过硬，最看不惯这种乱搞男女关系的。你说苏阳犯了这么大错，咱们不该严肃处理吗？"

黄清惊诧地看了赵倩一眼，稍作思考，就明白了其中道理。淡淡说道："我认同周班长刚才说的话，谁还没年轻过？男孩女孩之间稍微有点亲密动作，我觉得合情合理，没有你说的那么严重。而且你说苏阳这样那样，是不是都是听说的，你亲眼见了？"

"这还用亲眼见？"赵倩夸张地问道。"捉奸还要证据呢，捉奸在床才算是奸情的真凭实据吧？"周班长不冷不淡地说道。

赵倩瞬间脸色发黑。她可是被自己老公捉奸在床的，这事当年在县城弄得风雨满城。从那之后，本就不喜欢她的老公，就没有碰过她一个手指头。这么多年，她的内分泌早就失调了，精神也极度压抑。所以她对苏阳的意见不仅是打击异己，更是自身身体和精神的原因，她看不得长得好看的男人和女人。

赵倩就像尾巴被踩住的蛇，想要反咬一口，但场上的形势不允许她嚣张。常乾明冷冷扫了她一眼，这让她刚张开的口马上闭上。周扬用不怀好意的眼睛斜睨了她一眼，像摆明了刚才捉奸在床就是在说她一样。黄清说完更是直接把她当作空气，或者空气中的垢物。范班长张口欲言，常乾明立即呵斥："范春阳，厂里这么忙，你还尽给我没事找事，弄这么多乌七八糟的事，没凭没据就让我处理一个人。我警告你，你再这样分不清轻重，我撤了你这个班长。你不说钱不易缺人吗？撤了你的班长，你去给他打下手。"

8

范春阳有点气馁，碰头会后，常乾明厂长又把他单独叫到总经理办公室，劈头盖脸将他骂了一顿："范春阳我警告你，你也是新华书店老员工了，你父母就受书店恩惠，书店也给你姐弟等人都安排了不错的工作，你别因为一条烟两瓶酒这些不值钱的玩意就被收买了。

范春阳虽然不太聪明，但也明白了苏阳在书店的靠山是谁。否则，好脾气的厂长不会这样大动干戈地痛骂自己。回到车间，见钱不易又屁颠屁颠地跑来敬烟和嘘寒问暖，很不悦地瞪了他一眼："好好干活。你的事我管不了。"要不是看在钱不易老是孝敬自己的面子上，他真想一巴掌呼在他脸上。正不痛快，刚好赵红青跑来喊自己："范叔，我爸叫你晚上去家里喝酒。"

赵红青、赵红芳是亲姐妹。父亲赵建光是一个泥瓦匠，带了一个徒弟，在县城各单位接一些零活。母亲在鼓楼大街开了一个烧开水的锅炉房，专门卖开水，一分钱一暖壶。这段时间因为煤炭涨价，改成木材废料和锯渣做燃料，好景不长，这些东西也涨价了，开水只能涨到一毛钱一暖壶，左邻右舍来买开水的也少了。

赵红芳帮母亲做了几个菜。等范春阳来了，赵建光让赵红青拿出自己泡的人参酒，用玻璃杯倒了，两个人喝起闷酒。赵建光见范春阳始终闷闷不乐，问道："兄弟又怎么了？是弟媳和你吵架了？"

"那倒没有，是厂里的事。"范春阳说。他和赵建光是多年的朋友了，两人无话不说，就将今天发生在厂里的事情原原本本地说了一遍。末尾说道，"我没想到常乾明会为苏阳这小子将我狠狠骂了一顿。"

"你没打听苏阳的根底？"赵建光是城里的泥瓦匠，虽然也是泥瓦匠，但城里的泥瓦匠不像乡下的泥瓦匠，赵建光对人情世故精通得很。比如这新华书店，虽然他只做过一些小活，不是新华书店的人，但是书店内的人事和一些关节他都门清得很。有些事，他稍微一结合就能分析个八九不离十。常乾明是厂长，如果无缘无故，根本不会为了一个合同工痛骂范春阳这样的大集体工。

"我问过常乾明啊，他没说。"范春阳一口酒闷进嘴。他就是不理解这个，好像苏阳很普通，没有赵毅伟的家世，又来自山里，在这县城会有什么关系？而且，同是乡下人进城，钱不易的关系就很好打听，找的是赵倩，当然也搭上了张德彪。

"这个我知道一些。"在边上吃饭的赵红青插话。"你又知道什么？"赵红芳朝姐姐翻了一下眼皮。姐妹两人差了一岁，长相不太一样，性格也不一样。姐姐长得清瘦、打扮时尚，性格活跃，喜欢疯玩。特别是跟一帮男孩子出去跳舞、蹦迪，妹妹脸上的婴儿肥还没有退去，但性格沉稳一些。

"我怎么不知道？我听赵毅伟说的。"赵红青不喜欢妹妹老是和自己作对，凡事自己说好的她就说不好，但没有法子，父母就是喜欢这长得傻乎乎的妹妹。

正在喝酒的范春阳先还没有在意两个小姐妹的谈话，当听到赵毅伟名字时候，立即认真了起来。赵毅伟虽然只是厂里胶印车间的技工，但他出身特殊，也算是有身份有地位的人。先前新华书店胶印技工在那边学习，赵毅伟的父亲给了不少帮助，常乾明和吴副科长都很感谢。赵毅伟本人在厂里就是一个脸上写满我有背景的存在，只对厂长常乾明比较服从，他的消息肯定准确。

"小青，你说说，赵毅伟怎么说苏阳的。""听赵毅伟说苏阳舅舅是广播台台长，吴副科长和他舅舅关系很好。"赵红青将从赵毅伟那里听到的信息说了出来，这些消息是赵毅伟一次酒后对她说的。

赵红青喜欢赵毅伟，但赵毅伟女朋友多，她只是其中一个。即使她够主动，包括陪他跳舞、蹦迪、喝酒，赵毅伟对她也还是不冷不淡。需要的时候给她一个笑脸，不需要了恶狠狠地修理她。但她鬼迷心窍，就喜欢赵毅伟这样的。他对她召之即来挥之即去。与之相反的是，罗明刚对赵红青死心塌地，却被嫌弃是一个榆木脑袋，没有趣味。

"这就说得过去了。常乾明本来就是吴副科长的人，他怎么能不维护苏阳呢？反而是兄弟你要维护的钱不易，却是张德彪的人，这是两个阵营啊。兄弟，你站错队了。"赵建光给范春阳分析。范春阳一拍脑袋，恍然大悟："看我这脑子。"

看到范春阳懊恼的样子，赵建光又劝解了几句，说："兄弟别急，这事也不是不好化解，改日你带苏阳来我家里吃饭。""好吗？我去请他？"范春阳一脸不甘的表情。一个乡下孩子，还是合同工，有必要委曲求全，请他吃饭？

"冤家宜解不宜结啊。何况，他舅舅可是咱们县的名人啊，这样的人物结交上了，以后很多事都好办。"赵建光循循善诱。

范春阳眼睛扫过赵红青、赵红芳姐妹两人，突然灵光一闪，立马说道："红芳，你不是跟着苏阳班组吗？他也算是你师父，你请他来家里吃饭，理由正当。"赵建光想了一下，看看自己小女儿说："这个想法也不错。"

就这样，几个人将这件事定下来。喝到后面，就聊起最近工期的事。赵建光叹息一声："冷库的屋顶防水业务拿是拿了下来，就是工期太紧，人手不够啊。""找几个临时工帮忙啊。"范春阳出谋划策。

"现在人工多贵啊。这业务除了回扣，基本上不挣什么钱。要是有便宜的临时工，我倒是想用几个。"赵建光烦闷地说。

市场临时工十五元一天，说贵不贵，说便宜不便宜。赵建光手下原先有两个徒弟，其中一个嫌活累，还免费，又整天被师傅骂来骂去，前几天突然不干了。剩下这个，也想走，但喜欢赵红青，和师傅师娘提过，两人态度不明，只是暗示可以努力争取。

"要是能找一天十块或者半天五块的呢？"范春阳问。

"那当然好了，兄弟给我物色几个。"赵建光心里默算了一下，一个小工省五块钱，这个活下来要五十多个工，那就是好几百块钱。

范春阳点了点头，没有当场回答，心里已经琢磨了好几个人选。

苏阳从早上七点多上班，中午就在厂附近的小摊上吃了一点东西，到晚上六点下班，连续干了十几小时。除了自己一个班八小时，还帮赵毅伟顶了四五小时。下班的时候，罗明刚邀他一起回去，还说用自行车载他，苏阳拒绝了。罗明刚上下打量苏阳几眼，不解地问道："你小子今天怎么了，好像丢了魂一样，我早上和你说话，你没听到？"

苏阳心里有事，昨晚的事情让他慌乱、后悔，又有点期待。只是这太迷乱了，五味杂陈。他不敢这么早回去，怕在走廊上遇到秦乐怡，更怕遇到李云。遇到罗明刚追问，没好气地说了一声："哪有你说的这么严重？厂子里忙，我们加一点班不是正常吗？"

　　搪塞过罗明刚，黄清又走了过来，上下打量苏阳，关切地问道："苏阳你没事吧？你脸色很不好。""没事，黄姐，可能是最近太忙了，有点没休息好。"苏阳装作平静地说道，"谢谢黄姐关心。"

　　"咱姐弟客气什么？对了，你曹哥说周六晚上没事，要你一定来家里吃饭呢。"黄清说道。"嗯。"苏阳点头答应，看着黄清身影走远，又磨蹭了一会，直到值班大爷来车间锁门，才出了厂门，往回走。

　　印刷厂在北环路外，距离宿舍也就是新华书店大楼有大约一公里远。往日里，苏阳走路也就二十分钟左右，今天同样的路硬是走了一小时。路边的桂花树多少棵，桂花树下剑麻多少叶子，草丛中几朵野花，苏阳都一一数过，心情也没有半分平复。

　　直到天已擦黑，苏阳才慢慢悠悠地上了楼。没想到刚上二楼楼梯，就遇到了两个最不想见到的人，李云和徐云鹤。两人吃完饭牵手下楼。

　　苏阳慌乱地低下头，又觉得这样太不打自招了，就抬起头喊了一声："徐老师好。"

　　徐云鹤眼镜后面露出两道寒光，见是苏阳，不太热情地"哼"了一声。李云下意识地松开扣住徐云鹤右手的手指，徐云鹤有点奇怪地看了她一眼。李云马上意识到什么，重新抓住他的手，握得更紧。

苏阳侧身靠边，偷偷看了李云一眼。李云仰起头，用手捋了一下短发，然后打了一声招呼："今天回来得这么迟啊？"

苏阳"嗯"了一声，没敢多做停留，赶紧上楼。刚到楼梯口，碰到秦乐怡，秦乐怡见到苏阳，杏眼圆睁，怒气冲冲地问道："你昨晚亲我了？"

秦乐怡性格活泼。因为年纪小，在家里受到娇宠，说话荤素不忌。但这句话问出口，还是让苏阳意外，走廊上王晨等人也是看笑话一样看着两人。苏阳退后一步，躲开秦乐怡扑上来的身子。"我真没有。"

"我感觉好像你亲我了。"秦乐怡不依不饶，欺近身来。

苏阳让开，秦乐怡又扑过来。"你想怎么样？"苏阳没好气地问道。昨晚两人即便有亲密接触，也是因为秦乐怡醉得不省人事，自己背她的时候身体无意接触。

"你请我喝酒，算是赔罪。"秦乐怡嘿嘿地笑着说道。

"我没钱。"苏阳没好气地说道。心说："我背你，你不感谢我，还反过来要挟我，我才不惯着你。"

秦乐怡见自己的要求没有得到满足，反而被苏阳拒绝得这么干脆，有点不依不饶，嘴里嚷嚷着："我可是初吻啊，我可是黄花闺女啊，就这样被你把初吻夺了，让我以后怎么做人啊？"

正在吵吵闹闹间，夏冰突然打开虚掩的房门，冲出来一把拉过秦乐怡，恶狠狠地道："你还要脸吗？一个大姑娘家胡言乱语，成何体统？你不把这点事宣扬得全天下都知道，不甘心是吧？"

秦乐怡害怕夏冰，见到夏冰怒气冲冲，立即老实了。嘟囔一声："我就是逗他玩，我也知道他没亲我，但是……""但是个屁。"夏冰瞪了秦乐怡一眼，然后冷冷地看着苏阳，这让苏阳感觉到眼前的女孩如一座千年的冰山，射向自己的目光都冒着寒气。感觉无趣，低头走回自己的宿舍。夏冰在后面冷冷"哼"了一声，眼光扫向走廊上王晨等人，然后"啪"地关上门。

钱不易躺在床上，看到苏阳进来，眼神躲闪了一下。因为白天的事，他对苏阳的厌恶又增加了一些，但他不敢再直接表露，毕竟，范春阳今天可是把话说得明白："你钱不易斗不过苏阳，不是因为你们自身原因，是你们身后的关系。"

宿舍楼层慢慢安静了下来，秦乐怡回到自己房间，气嘟嘟地在床上坐了一会，然后就恢复了往日没心没肺的快乐。王晨等人看看电视，听听音乐，就洗漱了准备睡觉。

夏冰回到房间，背靠在门框上，心里暗忖："我这是生的哪门子气？他苏阳好坏和我有什么关系？又不是我男朋友，他爱亲谁亲谁……"

夏冰蓦然心惊，"难道是我喜欢他了吗？"

她陷入沉思。自从看到苏阳第一眼，就觉得非常熟悉，好像以前见过。一个自小在天晓镇长大，一个出自温泉镇。虽然是一个县，但绝无往来，两个人的人生轨迹很简单，以前绝对没有见过。但是第一眼为什么那么熟悉？"就因为在人群中多看了你一眼，从此之后，人群中我只看到你。"这句话是琼瑶还是岑凯伦小说中的话，夏冰记不得了，但用在自己对苏阳的身上，好像就这么恰如其分。

因为他长得帅？一般吧，1.78米的身高，在江淮地区的人群中不算矮，可也不能算鹤立鸡群。或者他皮肤白？男孩子白又算什么呢，总比不过阳刚。或者，他家有钱？恰恰相反，以夏冰这三个月对苏阳的观察，他家不但没钱，反而很穷的样子。

如果这些都不是，就是因为他比较有才，能写几篇文章？这在自己认识的人中，确实难得。

但为啥第一眼看上去，那么熟悉，就像以前见过很多次？

夏冰暗自伤神，突然又想起："我要是喜欢他，他会喜欢我吗？如果他喜欢我，我敢喜欢他吗？"

陷入沉寂，很久很久，夏冰感觉到自己脸上泪珠滚落。很久之后，她默默坐到床沿上。

突然，寂静的走廊上传来仓促混乱的脚步声。夏冰惊醒，擦掉自己脸上的泪痕，这时候，传来李云的哭泣声，和一个男人紧跟在后的辱骂声。辱骂声虽然有意压低，但夏冰还是听见了。

"婊子，你他妈就是个婊子养的，你自己也是个婊子，你全家都是婊子。老子花钱给你读书，给你家老婊子看病，又找关系让你这小婊子来新华书店上班，你这婊子竟然背后偷人。"

夏冰听出这是李云男朋友，那位徐云鹤徐老师的辱骂。此言不堪入耳，但是李云只顾哭泣，不敢反驳。

9

夏冰靠在门后，听到骂声隐去，应该是徐云鹤和李云都进了房间，楼道瞬间安静下来。

苏阳起身到前屋接水，看到钱不易趴在门缝偷看走廊。听到苏阳脚步声，满脸玩味地看着他，意犹未尽地问道："你听到'云中鹤'骂李云了吗？你知道为了什么？"苏阳心里咯噔一下，但在钱不易面前，还是故作镇定，反问道："人家的事我不感兴趣，你这么好奇自己去问啊。""和我有屁的关系。"钱不易转身出门，去找老乡玩了。

李云房间内，徐云鹤怒气未消，粗暴地扒了李云衣服，呵斥道："到底是谁，是谁？你不说老子掐死你。"双手掐住李云脖子。李云拼命挣扎，在看似瘦弱的徐云鹤面前，李云依然没有还手之力，窒息感袭来，手脚慢慢无力。

"张德彪？吴谦？还是刘鹤彩？"徐云鹤一连问出三四个男人名字。李云摇头，眼神无力。

"那是谁？钱不易、苏阳？对了，肯定是苏阳。"徐云鹤脑海中突然闪出一道亮光，觉得自己这一次一定猜对了。抓起李云脖子，拎到自己面前，说，"是不是？是不是他？这个小白脸。我知道你这个贱人，一直心不甘情不愿。满脑子都是不切实际的风花雪月，喜欢什么诗歌呀，文学啊。苏阳这小子在学校就不好好上学，早恋，写诗、写散文。你是不是喜欢他？"

嘴里说着，手里变得更粗鲁。

李云今晚几尽窒息。

事情还是从李云和徐云鹤吃完饭下楼时说起。吃饭的时候徐云鹤就神秘兮兮地对李云说，等一下给她一个惊喜，然后吃饭下楼。碰见苏阳的时候，李云脑海中闪现出昨晚两人纠缠的情境，内心又羞又愧，又有点满足和自得，精神出现恍惚，没发现许云鹤脸上拂过一层阴云。到了郊外，李云和徐云鹤走到一处阴暗的角落，徐云鹤急不可耐地动手动脚，李云还沉浸在昨晚的情境中没来得及反应。徐云鹤不悦："你往日比我还猴急，今天木头一样。"

李云像所有的女孩一样对爱情充满憧憬。在她的理想中，那个男人应该帅气、干净、单纯，全部身心地爱自己，自己也会爱他。但事与愿违，她遇到了徐云鹤，一个对男女之情毫不在乎，只专注男女之事的人。在他手中，李云需要配合徐云鹤各种古怪的要求。李云曾经感觉到羞耻，但更让她羞耻的是，自己也习惯和喜欢了这些要求。

李云今晚心不在焉，表面迎合却表情木讷。这让徐云鹤感觉到李云明显有问题。夜晚很静，李云被掐住脖子，徐云鹤一个名字接着一个名字问，他觉得这些人都有可能，甚至他认为李云身边所有的男人都有问题。李云瞬间明白了，他在乱猜。于是立马睁开眼睛，做出强势反应："我没有。"

徐云鹤直勾勾地看着李云的眼睛，然后往下，突然指着李云大腿的一处伤口问道："这是什么？"

"刚才树枝划的。"徐云鹤凑近看看，因为眼神不好，并没发现这伤口有点结疤。又指着另一处更隐秘的伤口问道："这里呢？"

"你刚才用手抠的。"李云等徐云鹤松开脖子，赶紧深吸一口气。

"你没骗我？"徐云鹤半信半疑地问道。

"就是没有。"李云理直气壮。"那你刚才的表情和动作……"徐云鹤开始怀疑自己今晚的怀疑。两个人又是卿卿我我，情浓意浓，再没有刚才的剑拔弩张。

苏阳趴在栏杆上一个多小时，月亮蹿出浮云，又被下一片浮云遮住。他起身，点烟，脑海中不知道在想什么。

夏冰依然趴在栏杆上，月色下，久久不动的她如一尊圣洁的白玉雕塑。

第二天继续上班，周日加班。临到下班的时候，黄清来邀苏阳去家里吃饭。事到临头，苏阳有点紧张，毕竟这是到了城里后第一次被人邀请吃饭。不知道要不要准备一些礼品，又不知道什么礼品合适。黄清没注意到苏阳的表情，挥挥手："我给你地址了，别忘了啊。晚上直接去就行，我先回家准备准备，你曹哥把菜都买回来了"。

苏阳看着黄清的背影远去，急得抓耳挠腮，范春阳刚好走过来："你这在干吗呢，烟瘾犯了？""哦，范班长。没有没有。"在车间内，苏阳可不敢抽烟。

范春阳看看苏阳。可能是因为厂长的话起了作用，他觉得这人也不太烦，至少没有钱不易说的那么傻那么坏。就随口问了一句："有什么事？说，看我能不能帮你。"

苏阳像是见到救命稻草一样，把范春阳拉到没人的角落。"那我可要问了。""啥事说呗，大老爷们，搞得像个娘们一样。"范春阳嘲笑苏阳。"黄班长让我今晚去她家吃饭，我不知道带什么礼物合适，毕竟是城里人，规矩多。你帮我参考参考。"苏阳鼓足勇气说道。

范春阳愣了愣，然后哈哈笑道："就这点小事，把你急得抓耳挠腮，还愁眉苦脸的。我以为多大的事呢。""这可不是小事。这是第一次有城里人请我吃饭。我可要弄好了，才对得起人家的尊重。"苏阳郑重其事地说道。范春阳又看了一眼苏阳，觉得这人还真有点傻，但是吧，也比较单纯。

"买一箱啤酒吧。刚好黄班长邀我晚上也去，本来我没时间的，既然也邀请你了，我就骑车带你去。我买一瓶白酒，你带一箱啤酒，刚刚好。"黄清知道苏阳性格比较内向，怕邀请他一个人，他去了不适应，就同时邀请了范春阳等，也想借这个机会化解范春阳对苏阳的成见，让苏阳在厂里多一点人缘，不至于处处受欺负。

"哦，一箱啤酒啊，多少钱啊？"苏阳的工资除了够吃饭、买书，剩下的很少。要还欠赵毅伟的"巨额欠款"，还要给父母攒一点。

"一瓶二块五，二十四瓶，你自己算一下。"范春阳说的是听装的啤酒，玻璃瓶的没有这么贵。

苏阳摸了摸自己的口袋，只有五十块，不够买一箱啤酒，有点懊恼。早知道不问范春阳了，自己买个二三十元的礼品也可以勉强说得过去。现在问了范春阳，人家给你建议，你不按照这个建议去做，不但会被说成小气，也多得罪一个人。范春阳见苏阳犹豫，也没多想，只是说了一句："你要是觉得啤酒不好，也可以买别的，比如豆奶粉啊、罐头啊。都不贵，一百多块钱吧。"

苏阳突然想起小马过河的童话故事，就是小马过河的时候问松鼠水深不深，松鼠说："这水可深了，前几天刚淹死我的兄弟。"又问大象，大象说："这水很浅，只淹到我的膝盖。"苏阳觉得每个人拥有的财富以及对待财富的认识就是松鼠、小马、大象等不同动物对河水深浅的感知和认识。而在范春阳等人面前，自己就是那只松鼠。一百多元，对于范春阳等人来说不算什么，却足可以淹死自己。

范春阳今天很热情，下班的时候主动到胶印车间叫上苏阳，骑车带他去黄清家。到了黄清家所在的国营单位门口，去商店买了酒，选了一瓶七八十块钱的白酒。苏阳也选了一箱啤酒，付账的时候，苏阳为难地跟范春阳说："可否借我十块钱，我口袋钱不够了，发工资时候还你。"

范春阳挥了挥手，说："没事，我先结了，到时候一起给我。"两人把酒架在自行车后座上，一起步行。

范春阳突然说道："你们工资是不高，你想不想多挣钱？""怎么挣？违法的事情我可不干。"苏阳连忙说道。他不知道在这县城除了上班挣工资，还有别的渠道能挣钱，而且多挣。当然，他也有挣外快的渠道，就是多写稿子。只是县广播台稿费太低，一篇通讯三到五块，能被广播台录用的都是新鲜新闻。苏阳上班，没有时间去跑新闻挖新闻。稿子一旦被录用，也不是马上发稿费，而是给你一张盖了公章的稿件录用卡片。上面写明日期、稿件名称、稿费金额，到了年底一起兑现。省城几家报纸副刊稿费可观，不过对稿件质量要求很高，审稿时间长。苏阳三四个月投出去十几篇稿子，得以录用的才三篇。收到其中的一篇稿费三十块钱，还被赵毅伟、罗明刚等"敲诈"了，那晚喝酒刚好花了三十块钱。

范春阳不满地看了苏阳一眼："你看我像是一个违法的人吗？我给你找一个临时工活，按日计算，一天十几块钱。"

"好呀。"苏阳立即来了兴趣，他不怕苦，只是没有门路。一天十几块钱，可是比日工资还高啊。"范班长，麻烦你一定给我问问。"

　　"不是不可以，只是想挣钱的多啊，满大街的人都想做临时工，我得找找关系，争取让他们用你。"范春阳故意面露难色，其实他内心欢喜不已。前几天他在赵建光家吃饭的时候，主动说要给赵建光找几个临时工，当时就想到了钱不易、苏阳等人。但他知道赵建光这人比较抠门，而且用人比较狠，否则几个徒弟也不会半途都走了。赵建光诉苦说临时工不好招，不是真不好招，而是他的口碑坏了。满大街找工作的一听说赵建光用人，要不直接拒绝，要不必须提高工资并当天结算，否则免谈。赵建光觉得自己不是傻子，高工资免谈，日结更不可能。这些范春阳都知道，但仍然敢答应给赵建光找人。除了因为酒喝多了之外，还因为赵建光欠自己钱，说等这笔工程干完，肯定还。

　　范春阳找钱不易。钱不易一听说这大热天的在屋顶上烧沥青，拌水泥，脑袋摇得像个拨浪鼓，连声说："大哥，别说这活了，一天十五块钱，就是你给我一百五我也不干啊。我家双抢的时候我都没下过田，我怕太阳。"

　　好在，和钱不易说话的时候，罗明刚在场。罗明刚不缺这一天十五块钱，但听说是赵红青爸爸，立马答应，唯一要求，晚上管饭。钱不易促狭地笑笑："你不就是想和赵红青一个桌子上吃饭吗？"

　　"是呀，这又怎样？"罗明刚脸皮一摊，翻了个白眼。"大丈夫当爱则爱，老子喜欢赵红青，帮我未来的岳父干点活不是理所应当？"

　　范春阳心里骂了一句"SB"。你他妈喜欢人家女儿，人家女儿早喜欢别人了，就你不知道。范春阳没有当时就答应苏阳，说回去问问。

一晚上，苏阳都对范春阳感激不尽，这让黄清侧目和不解。

黄清家在老国营茶厂家属区。几排平房，幽深小巷，厂房和街巷种满梧桐，走进厂里就如走进一片幽静的世界。黄清家在家属区最里面，走进厂里又穿过四五条巷弄，最后才是黄清的家，一排平房的最后两间。一间是厨房加客厅，另外一间是卧室。客厅不大，摆了一张方桌。苏阳和范春阳到的时候，桌边已坐了三两人。苏阳没想到秦乐怡也在，还有一位是夏冰，一位三十岁左右的男士。经黄清介绍，是曹哥的同事，也喜欢看书写作。知道苏阳要来，曹哥特意邀请过来的。

曹哥和黄清在走廊的煤气灶上忙碌。一个洗菜一个炒菜，见到苏阳二人，曹哥热情地上来打招呼。看着眼前这个热情的男人，苏阳明显感觉到他两条腿不是一般长，走路的时候身形稍微颠簸。

"苏小弟，你可来了。"曹哥热情爽朗。苏阳伸出手，和曹哥握手。充满感激地说："感谢曹哥邀请。""我可是和我家黄清说过很多遍，一定要把苏小弟介绍给我认识。"曹哥爽朗笑道。又对桌边那个男人说道，"老夏，这是苏阳，咱们著名的大作家。我跟你说过，不但经常在广播台发表稿子，还在省城《新安晚报》《江淮晨报》上发过大作。今晚咱们一定要好好学习学习。"

夏哥走了过来，上下打量了苏阳几眼，伸出手。"久仰大名。苏大作家。""夏哥好，叫我小苏就行。可不敢称大作家哦。"苏阳赶紧谦虚地说道。"谦虚什么，本来就是大作家嘛。"秦乐怡笑呵呵地说道。

夏冰也撇嘴一笑，看了一眼，然后和黄清一起一边说笑一边洗菜。

菜很快端了上来。一盆当季的板栗烧公鸡，一盆土辣椒烧肉、肉末茄子以及几个时兴小菜，摆了满满一桌。曹哥打开一瓶沙河特曲说："今晚难得请来几位，咱们好好喝一点，边喝边聊，主要要和苏小弟多多请教写作的事。"

范春阳带来的是古井贡酒，档次和沙河特曲差不多，但更为有名。他拿出来说："咱们难得一聚，喝这个，还有啤酒。他指着地上的一箱啤酒，并没有说啤酒是苏阳买的。"

"范班长就是客气，过来吃点便饭，还带了白酒、啤酒。"曹哥说了一句。还是打开沙河特曲。

"这是你们曹哥珍藏好几年的酒，都没舍得喝，就等今晚你们来呢。"黄清补充一句。

四个男人喝白酒，倒酒的时候，曹哥礼让夏冰和秦乐怡，夏冰推辞了，说"我不能喝酒"。秦乐怡跃跃欲试，被夏冰用手肘撞了一下："别像前天晚上一样，喝多了，又撒酒疯。"

秦乐怡有点怕夏冰，被她一说，小嘴嘟了起来。然后可怜巴巴地看向黄清。黄清笑了笑，用筷子点了点秦乐怡的额头："你夏姐是为你好，不让你喝酒。不过今晚在姐家，想喝就喝一点，别喝多了。"

"没事，要是真喝多了，你们姐妹几个睡卧室，我们几个大老爷们彻夜畅谈，谈人生，谈文学。"曹哥立马说道，顺势给秦乐怡杯子里倒了一点白酒。又问夏冰，夏冰看了一眼苏阳，说道："我也倒一点吧，不给你们扫兴。"

大家开始推杯换盏。先还比较矜持，几杯酒下肚，气氛就上来了，彼此也就不再礼让了。大家天南海北地瞎聊，当然更多还是文学。

范春阳这个平时连书都不翻的人也跟着说道："我说这文学啊，其实没那么高深，不就是把字写在一起吗？小学生都会。""范兄，可不是你说的。文学可不是小作文，很高雅的。"夏哥立马反对。

"那写情书总算吧？在座的谁没写过情书？"范春阳反驳。

"是需要抒情的，也需要架构，不能写成古诗一样桀骜难懂，更不能写成白开水一样淡而无味。"曹哥赞同夏哥的观点。

"反正吧，我是不写，也写不出来，但我觉得也没那么难，真要是难写，你们到书店看看，那么多书都是谁写的。而且，你们看有几个人到书店买书，肯定是写书的比看书的多。"范春阳据理力争。

苏阳没把心思放在他们的谈论上，只是应付几句，这有点降维打击的感觉。在座的各位，一半对写作不感兴趣，三个对写作感兴趣的都是业余爱好者。苏阳毕竟发表过不少东西，稍微说点观点，都能让另外两位觉得是难得的经验。

苏阳在想黄清怎么也请了秦乐怡和夏冰。要说秦乐怡和黄清都来自天晓镇，还好理解，毕竟一个镇子上的人难免沾亲带故，现在又一起在县城，联系比较正常。但是夏冰呢？她家可是青龙桥的，而且以夏冰的脾性，很少与人交往，更没听说过她和书店内谁走得近。

10

七个人，其中三位女士，秦乐怡喝了有二两白酒，此时面色绯红，话也多了起来。夏冰浅尝辄止，喝了一两左右，脸上飘起两朵桃花，嫣然而笑，比往日里多了万千风情。黄清平时很少喝酒，更别说这辛辣的高度白酒，因为她是主人，也跟着陪了几杯，喝得很少。每一次抿一口，即使范春阳酒到酣时，拉每个人拼酒，黄清也很有节制。

剩下的酒四个男人平分，每人差不多 4 两，酒瓶见底，范春阳意犹未尽，打开啤酒，要和大家继续。曹哥先顶不住了，趴到桌子上，嘴里虽然低声嘟囔："喝就喝，谁怕谁，不喝不是男人。"

黄清拦住范春阳，略带责备地说道："看你把我家老曹灌的，老夏知道，我家老曹平时很少喝酒，而且沾酒就醉，今晚是你们来了，他高兴，才喝得不像人样。"

范春阳作罢，又和老夏拼酒。两人酒力相当，掀开易拉罐啤酒，对瓶啜饮。大家说话的时侯，曹哥从桌子上滑下来。黄清赶紧扶住，想要把他搀进卧室，苏阳立马起来帮忙。

卧室很温馨，但堆的东西多了，有点拥挤。苏阳心里感慨：原来城里某些东西也不比乡下好，特别是房子，比较狭窄拥挤。黄清家这样，舅舅黄成德家也这样，即使有个当厂长的赵毅伟家，房间也不算大。哪像自己乡下的家，好几间通透的大瓦房，门前屋后很宽敞。

黄清在屋子里服侍男人。可能是今晚酒喝尽兴的缘故，心内的温柔也彻底绽放。往日里话语不多比较沉默不善表达的男人此刻抓住女人的手，絮絮叨叨。黄清的手被男人抓住，挣脱不得只好听之任之。曹哥把黄清的手指握在手心，灯光淡淡的，这个月夜很温暖，黄清喜欢。客厅里，先是传出几个人说话的声音，然后剩下夏哥和范春阳，最后是范春阳一个人。天色不早，在夏冰的催促下，秦乐怡和苏阳不得不起身，准备离去。在卧室门口跟黄清打了声招呼，黄清准备起身送别，手还被男人握着，只好歉意地用另一只手和大家挥手告别。

秦乐怡性格本来就很活泼，喝酒之后更是。走出黄清家之后，像一个小孩子拉住夏冰的手臂："姐姐，你笑起来真好看。你说你平时拉个脸干吗？我看到你都怕。"夏冰几次想甩脱她的手都没有成功，反被她拉得更紧，没好气地问道："平时怕我，现在就不怕我了？"

"不怕。"秦乐怡昂起头，示威一般看着夏冰。

"酒壮尿人胆。"苏阳说了一句很煞风景的话。立即被两个粉拳砸在身上。只得默默地紧跟在两人身后。两人小声嘀咕起来，还时不时回头看看苏阳。走到梅山西路，道路宽敞起来，在拐弯处，街头卡拉OK正热闹。"我要喝桂花露，苏阳，你请我们。"

"我没钱。"苏阳沮丧。"喝什么喝，都十点多了，明天不要上班啊？"夏冰用手指在秦乐怡额头轻轻敲了一下。"我就要嘛。"秦乐怡撒娇，并可怜巴巴地看着苏阳，又看看夏冰，眼神在两人之间穿梭。

"好吧，好吧，我怕了你。只能喝桂花露，不许再喝酒。"

夏冰被秦乐怡缠得没办法，就找了一个空桌子坐下，掏出十元钱，要了三瓶桂花露。

夜风习习，桂花飘落。热闹的街头卡拉OK也有冷场的时候，刚才一桌人连续唱了十几首歌后，起身结账走了。

"我要唱歌。"秦乐怡拿起麦克风，让老板放了一首《恋曲1990》，音乐随着飘落的桂花响起来。秦乐怡歌喉很好，很甜。当最后一个音符飘落，又点了一首邓丽君的《我只在乎你》。这首歌更适合她。

夏冰痴痴地听着歌，转头问苏阳："你来一首？""我五音不全。"苏阳赶紧拒绝。他实在不会唱歌，用父亲的话说："你唱歌比我拉锯的声音还难听。"平时哼哼都怕被人笑话，这大庭广众之下哪敢啊。

"随便唱一首呗。"夏冰语气中有点浅浅的哀求。"可是？"苏阳为难，很少看到夏冰这样和人说话。"要不，我点一首，咱俩合唱。《祈祷》行不行？"夏冰征求苏阳。

苏阳点点头，补充一句："我唱歌真的难听啊。"

夏冰嫣然一笑，让老板放了《祈祷》。

苏阳有点紧张，好在此刻人很少，也没有人关注这边。一开始小声哼哼，然后跟着夏冰的节奏唱了起来。结束的时候，秦乐怡站起身鼓掌。秦乐怡不胜酒力，虽然叫得很欢。

"今晚玩个痛快。"但是夜风一吹，趴在桌子上就睡着了。

夏冰看看苏阳，摊摊手："怎么办？架着她回去吧？""我可不敢了，前天晚上她也是这样喝醉了，我背她，然后就这满城风雨了。"苏阳赶紧推脱。

"前天晚上你们到底干了什么？"夏冰装作无意地问道。

"前晚……"苏阳停顿了一下说，"我们几个酒喝得有点多，特别是她。"苏阳指一指趴在桌子上的秦乐怡，"她喝多了，走不动，王晨和李云扶不起来，让我背，结果……"夏冰点点头，犹豫了半天，问："我相信你和秦乐怡没事，这丫头没心没肺的，我也知道你不是她喜欢的类型。但最后是你和李云在一起，是吧？"

苏阳犹豫了一下，和李云那件事终究是打死不能说的，随便敷衍了几句。夏冰也不再问，只是说："这小家伙还要咱俩弄回去的，是你背还是我背。"

苏阳脑海中闪过夏冰刚才的那句话："你不是她喜欢的类型。"虽然，他和秦乐怡没有什么，也没有对秦乐怡动过心思，但被人当面说出来，还是有点挫败感。只是这种感觉转瞬即逝，他不属于那种博爱、烂爱类型的人。就自己和夏冰，背人理所当然地落在他身上。

这里离宿舍楼不远，三四百米的距离。苏阳一路背着秦乐怡，夏冰跟在身后。看到苏阳额头有汗珠，还贴心地掏出手帕给他擦汗。好不容易上得楼来，将秦乐怡放到床上。走到走廊里，夏冰看四下无人，小声跟苏阳说："要是睡不着，到我房间坐坐？"

苏阳跟着夏冰进了房间。夏冰给苏阳倒茶，然后一个人坐在床沿，一个人坐在桌边。想要说话，却又不知道怎么开头，就这样静静坐着。时间在局促不安的指缝间流走，之后，夏冰脸红了一下："要不，你先回去睡觉吧。"

连续两个礼拜的忙碌，对联印刷任务告一段落。赵毅伟和苏阳又两班并成一班，休息时间得到了保障，有了正常的周末，并且恢复双休。其间，苏阳多次找范春阳，厚脸皮问临时工的事。范春阳看时机差不多了，说："我好不容易和人说好了，今天下午就可以上工。"

苏阳和罗明刚约了一起，找到冷库，上了屋顶，见到了临时老板赵建光。赵建光上下打量了苏阳几眼，颐指气使地说："你的情况范班长都和我说了，我这里活呢就是这个活。小罗干了几天，知道怎么干，你来了，也要像小罗一样，好好干。不能怕苦，半途撂挑子。"

"不会不会。"苏阳赶忙说道。

屋顶一共四个人。苏阳和罗明刚，以及赵建光和他的徒弟小郑。小郑用同情的眼光看了苏阳一眼，转身就去给师傅打下手。一下午时间，烧沥青，拌水泥，苏阳感觉头发都和沥青一样被烧化了，浑身酸痛。咬牙坚持到晚上八点，终于熬到收工。赵建光邀请罗明刚和苏阳去家里吃饭，苏阳本来不想去，罗明刚却跃跃欲试，拉着苏阳一起。苏阳到了才知道这竟然是赵红青、赵红芳姐妹家。

两人见到苏阳也不意外。赵红青淡淡打了一声招呼，赵红芳比较热情，给苏阳倒水："师傅，喝水。"

罗明刚到了这里驾轻就熟，一会儿给锅炉上木头锯渣渣，一会儿给暖壶装水，前前后后忙碌。抽空还找赵红青说话。虽然，赵红青对他态度冷淡，但他却乐不可支，甘之如饴。苏阳偷空问了一句："你早就知道咱们是来给赵红芳家打零工？""知道呀。"罗明刚都没空搭理苏阳，回答也不耐烦。"那你怎么不和我说？"苏阳有点抱怨罗明刚知情不报，这样多尴尬。"说了你就不干了，只要能挣钱，哪里不一样？"罗明刚无所谓地说道。

"我看你不是来挣钱，你是来追赵红青。"苏阳没好气地说道。

"这你都知道，不愧是兄弟啊。你可要帮帮我啊，你没看到小郑看我脸色都不一样。"罗明刚把嘴努向小郑一边，那孩子果然不太高兴。赵红青对他也不太理睬，他曲线救国，和赵红青母亲套近乎去了。

晚上的饭菜很简单。几个街头卤肉摊切回来的小菜，加上赵红青炒的两个蔬菜。赵建光让徒弟小郑抱出自己圆肚玻璃瓶酒坛子，差不多能盛四五斤。里面泡着一根发白的人参，一看就是酒换了多少次，人参一直没换的样子。

"喝酒，这可是我东北的朋友给我的大人参泡的酒，对男人可有用了，你们也喝一点。"赵建光用玻璃杯给罗明刚和苏阳各倒了半杯，自己倒了整整一杯。

"我不喝酒，赵师傅。"苏阳将酒杯推向桌子中间。"在这里就别喊我赵师傅了，你们和红芳、红青都是兄妹关系，喊我叔就行。"

赵建光嘬了一口酒，露出满足的表情。"每天也就这时候，我才感觉这人没白活。"

"爸，你早晨起来就喝酒，又不是只有晚上喝。"赵红芳回了一句，并问苏阳，"大家不都说你酒量很好吗？你也喝一点啊。我爸这人参酒可是宝贝，一般人来舍不得给喝呢。""是啊，苏阳，罗明刚来了四五次，都没有喝上这人参酒。"赵红青补充道。

罗明刚讪讪地看了一眼赵红青，见赵红青正在看着他，赶紧低头喝了一口。

苏阳没觉得自己在赵家多有地位。至少下午干活的现场，赵建光多次表扬罗明刚卖力，有眼力见。虽然没有批评自己，但那情景，夸赞另外一个人，也就是变相说自己不好了。见赵建光再一次和自己碰杯，也端起酒杯敬了一回。一口酒下肚，辛辣，并没有感受到人参的味道。可能这根人参真像是自己猜想的，五六年来，酒换了多少次，人参一直没换，差不多就是人参洗澡酒了。

苏阳回到宿舍，已经十一点多了。宿舍楼道里，夏冰拦住他："怎么回来这么晚。""出去干临时工了。"苏阳回答，并揉了揉自己酸痛的胳臂。"你这么缺钱？"夏冰问。

苏阳"嗯"了一声，没做解释，回到房间倒头就睡。夏冰回到宿舍坐在窗前，扶了扶额头，叹息一声，自言自语："虽然都来自农村，但也没见到谁像他这样缺钱啊，什么钱都挣。写文章挣一点零花钱，这是好事，也就罢了。但出去打零工，就他这身板，能行吗？"

苏阳最近比较充实。在单位上完班，就急匆匆地赶到冷库工地。赵建光这个防水工程工期一个月左右，苏阳算了一下，每天按照十五元计算，整个工程下来，自己能挣四百多元。这可是自己二三个月的工资啊，有了这笔钱，不但可以还清赵毅伟的欠款，自己还可以买一套合身的衣服，剩下来的钱刚好攒了中秋回家给父母买些东西。

工地的活很辛苦。农历七月底，太阳炙热。苏阳刚刚恢复不久的白净面皮不几天就晒得黝黑，后背上也晒起水泡，手掌更是磨出了老茧。他竟然渐渐喜欢上了喝酒，赵建光家的人参洗澡酒，喝在嘴里虽然辛辣，但是有了酒，身体的疲劳缓解了不少，回家也是倒头就睡。

宿舍楼，苏阳依旧早出晚归。这段时间，因为钱不易老是抱怨苏阳回来太晚打扰他睡觉，苏阳和人换了宿舍。这个人比苏阳早两年来书店，和夏冰一年的社招工。他住在二楼夹层，半间房子。一边被楼梯封死，一边的窗户本来就布满了水泥隔断。外面就是新华书店大牌子，将光线遮挡得严严实实，即便是晴好的白天，室内不开灯也伸手不见五指。但相对独立、自由，也不用受钱不易的叨唠。

夏冰终于在他宿舍门口堵住了他。苏阳掏钥匙开门的时候见到门前一个黑影，吓了一跳，看清是夏冰，不禁问道："这么晚，你怎么在这儿？""你还知道这么晚啊。"夏冰嘟起嘴，生气地指着手表，荧光之下，时针已经指向晚上十一点。

"嗯。知道了。"趁夏冰侧开身时，苏阳打开门，然后开灯。夏冰跟着进了房间，顺手关上门。虽然是深夜，但走廊也会偶有人经过。房间很小，一张床占了一半空间，此外还放了一张书桌，一把椅子。墙的一角放着几块砖头，上面搭着一块木板，凌乱地放着一个电饭煲、几个碗碟和筷子。整个房间，除了书桌比较整齐，就是一个乱。夏冰不说话，弯腰帮苏阳收拾床铺。苏阳飞快地将堆在地上没有来得及洗的衣服往床底踢了踢。夏冰看到苏阳这个小动作，回头白了他一眼。收拾完床铺，弯腰将苏阳的脏衣服掏出来。

"不要。"苏阳马上伸手阻拦。手被夏冰轻轻拍开。

"有什么不好意思的，不就是脏衣服吗？我等一下洗完拿给你，你自己晾在房里就行。"

"可是。"苏阳有点羞赧，内衣还在脏衣服堆里。"可是什么啊。李云、王晨、秦乐怡她们，好像都给你们洗过衣服，我也没见你这样扭扭捏捏。莫不是你喜欢她们给你洗，不喜欢我给你洗？"

宿舍楼内，有段时间气氛不错，男孩女孩之间相互帮助。女孩给男孩洗洗衣服，男孩给女孩打打饭，提提水等，但这不包括夏冰。她独来独往，很少和人话语，即使偶尔说几句，也是面色冰冷。

"可是内衣也在里面啊。"苏阳被夏冰一激，终于露了羞赧的原形。夏冰看到脏衣服里的内衣，脸也红了。"有什么稀罕？"将衣服放到一边，开口说，"你这段时间早出晚归，神龙见首不见尾，到底干什么去了？""打工挣钱啊。"苏阳说到这个，有点得意。将每天的工作轻描淡写地说了一番。没说工作怎么累，只说一个月下来，能挣工资的两三倍。

"你很缺钱？"夏冰又是不解地问了一句。"当然，谁不缺钱？谁敢说自己不缺钱呢？"苏阳说道。缺钱并不丢人啊，别说自己来自乡下，就是城里人，好像也都是缺钱的样子。

"但我们还年轻啊，没必要这么急着挣钱啊。就说我那些同学，不说我那一届了，你这一届在校复读的大有人在吧？再说，你缺钱，也可以和我说啊，我的工资虽然不高，但每个月还能剩一点，你用可以借给你。当然是借，你可以用稿费慢慢还给我。"夏冰组织着语言，故作轻松地，目的是不想让苏阳误解。女孩心思，再是玲珑，关切则乱。你夏冰要是没有动女儿家心思，怎么会对一个男孩这么关心。

说到稿费，苏阳"哦"了一声，赶紧从枕头下翻出一张汇款单，递给夏冰："这是上个月《新安晚报》寄来的稿费，三十元，我一直没取，再不取就过期了。你帮我取一下哦，还需要单位盖章，挺麻烦的。"

夏冰接过淡绿色字体的稿费单，拿在手上，非常惊奇地看了几眼，感叹道："我挺佩服你的，我要是什么时候也能收到稿费单就好了。"

"这个容易啊，你也写呗。"苏阳随口说道。"要真这么容易就好了，除非你教我写作。"夏冰有点期待。记得中学的时候，夏冰作文也很好，常常被老师当作范文在班上朗诵。她自己也偷偷给报刊投过稿子，但一直石沉大海。自己思量，可能不是写作的料，就渐渐断了念想。现在有了苏阳，这个希望又重新燃起。

"没问题。本公子知无不言言无不尽，绝对能把你培养成一个大才女。"说到写作，苏阳很自信，有点嘚瑟地说道。

夏冰白了苏阳一眼："我跟你说两件事，一件正事，一件闲事，和你多少都有点关系。"

11

这段时间苏阳早出晚归，对书店这边的事知之甚少。书店这段时间可谓跌宕起伏，风云变幻。最重要的事是董事长明确了退休时间，就在今年年底。他接班人选也终于明朗，吴谦胜出，张德彪落败。

一朝天子一朝臣，所有股长都在闻风而动。个个鸭子划水，私底下串联合纵，连夏冰都成了焦点。有人说，"董事长这么信任你，退休前肯定给你转正，至少会有个编制"。也有的在背后等着看笑话，说"董事长退了，你也就废了，等着被收拾吧"。

夏冰感觉自己就是一个任人摆布的木偶。董事长让你向东你不敢向西，让你向南你不敢向北。夏冰深深地悲哀，不知道值还是不值。

夏冰想在董事长退休之前，为苏阳博一个大集体身份。但话刚出口，董事长就脸色阴沉。夏冰吓得再不敢开口。

夏冰这段时间也很少见到苏阳，即使见到了，也不会和苏阳说这些事。在她眼中，苏阳是一个表面温和顺从的人，内心却一腔傲骨。

"什么事？竟然和我还有关系。"苏阳问道。"秦乐怡要结婚了。"夏冰关注着苏阳的表情。前段时间，大家都在疯传苏阳和秦乐怡是一对，主因还是秦乐怡酒后回到宿舍大吵大嚷苏阳亲她了。夏冰当然知道苏阳和秦乐怡并没有什么，不过男女之事，外人根本看不清楚，自己也算是深处其中，关心则乱。

"啊？"果然，苏阳非常惊诧，这种态度让夏冰并不意外。别说苏阳，就是所有人听到秦乐怡这么快结婚都会感觉到意外。但是苏阳"啊"的一声，就没有了后续，然后坐到桌前，悠然点起一支烟。

"没了？"夏冰不解地问。"还有什么？一个同事要结婚，结就结呗。如果邀请我们，我们就去喝喜酒，不邀请咱就不去。"

夏冰上下打量着苏阳。昏暗的灯光下，他的脸埋进缭绕的烟雾里，看不真切。"你没觉得遗憾？"夏冰问道。

苏阳哈哈一笑，看着夏冰。用夹烟的手指指向她："你在说什么？秦乐怡结婚，这是好事，我有什么遗憾？"脑海中闪过一丝念头，突然笑着说道，"我知道了，你们肯定以为我和秦乐怡有什么事。其实我们之间什么事也没有。我不是秦乐怡喜欢的类型，反过来，她也不是我喜欢的类型。""那你喜欢什么类型？"夏冰紧跟着接过话头。

苏阳脑海中闪过一个人影。初中三年，高中三年，共处六年的同学卢曼越。曾经为一道化学题，两个人争得面红耳赤，又因为追求同一个答案，相视一笑。夏日里，一袭碎花连衣裙，亭亭玉立般站在荷花池边。冬日冰雪里，红衣曼妙，从远处款款而来。

喜欢吗？可能彼此真的喜欢。高考失利，双方父母以及老师，都将两人的失利归结为早恋，好像卢曼越也越走越远。她去毛坦厂中学复读后，自己去找她，在门口被门卫拦下。央求一个同学通知卢曼越，等了一下午，也没见到卢曼越的身影。

卢曼越知道自己到书店上班，没有找过自己，连一封信也没有。

"还是有一些遗憾吧，全天下的男人都一样，希望身边的女孩都喜欢自己，被自己独有。"夏冰看到苏阳陷入沉思，幽幽说道。

苏阳被夏冰的话拉回现实，摇摇头："至少我不是，弱水三千，我只取一瓢饮。秦乐怡结婚，我真的没有什么失落，而且，我也没有资格遗憾。"气氛有点压抑。夏冰沉默了一会，看着被烟雾遮挡的苏阳，小声说了句："少抽点烟，对身体不好。"

苏阳从善如流，将烟头摁进烟灰缸。听夏冰说话，话题围绕着秦乐怡。让苏阳惊掉下巴的是，秦乐怡的结婚对象竟然是那个光头，也就是那晚找自己几人麻烦，并将赵毅伟打伤的那个光头。一个三十好几还混迹街头，离过几次婚不务正业的光头。秦乐怡嫁给谁都好理解，哪怕是颇有心机的诸如钱不易这类人，毕竟年龄相仿，社会类型相同。可让苏阳怎么也不敢相信的是，秦乐怡竟然要嫁给光头这种类型的男人。秦乐怡性格虽然跳脱，但整体看上去毕竟是一个相对单纯的女孩子，二十岁都不到，与那个光头相差十多岁，而且那个光头就是一个混混，还离过几次婚。"怎么是他？一个大混混。"苏阳惊叹！然后问道，"就是秦乐怡同意，她的父母同意吗？谁家父母不想自己的女儿嫁给一个好人，踏踏实实过日子。"

夏冰看着苏阳面部丰富的表情，奚落一句："你急什么急，人家有人家的看法，人家父母怎么想，你怎么知道？反正我知道他们中秋节前准备结婚，婚房都准备好了。秦乐怡会马上离开书店，去做她的老板娘了。"

原来光头前几年在县城犯了事，出逃外地，前妻也带着孩子走了，算是妻离子散。他的残疾哥哥自小宠他，费心巴力地找人托关系将光头犯的事大事化小小事化了了。光头知道自己所犯之事平复了之后，悄悄回县城，将以前的小弟聚拢在一起。为了在县城谋生，就将父母留给自己的房子卖了，开了一个舞厅。秦乐怡爱玩，去舞厅的时候被光头设了圈套，成了他的女人。

光头对秦乐怡恩威相加，秦乐怡半推半就，两人很快成了恋人。无论光头的许诺是真是假，秦乐怡都已经沉醉其中，并对老板娘的身份充满渴望。光头说："只要嫁给我，你就是这家舞厅的老板娘。我保证挣的钱给你一半，不但让你成为光鲜亮丽的阔太太，还让你父母过上好日子。"秦乐怡的父母得到消息，惊恐不已，为自己的女儿担忧。等到了舞厅，在光怪陆离的喧嚣里得到光头殷勤招待和许诺，也只好同意了，只要女儿不缺钱花，这不就是好日子吗？

苏阳听完经过，轻轻叹息一声："世事难料啊。还有另一件呢？"

"另一件对其他人来说倒不是什么大事，但对你确实有很大影响。"夏冰说到这里卖了一个关子，从苏阳放在书桌的东海烟盒里抽出一支烟，要苏阳给自己点燃。

苏阳脑子中没有女孩不应该抽烟的概念。当然，抽烟本来是一种坏习惯，不过存在即为合理。有人说抽烟影响身体，也有人说不抽烟会影响情绪，一种是有形的影响，一种是无形的影响，但结果始终值得商榷。苏阳觉得顺自然，不要为了故作姿态而去做不喜欢的事就行。比如罗小妹本来不抽烟，也没有烟瘾，但一到歌厅和舞厅，就装模作样地拿起烟，用两根手指夹了，放在嘴边晃荡，很像风尘女子。

苏阳帮夏冰把烟点燃，夏冰吸了一口。凭苏阳吸烟的经验，夏冰烟瘾不大，不过，烟也没少抽。抽烟的姿势和吞吐介于熟悉和生疏之间。这样的女孩不抽烟正常，偶尔抽烟也不让人反感。

夏冰说的是书店爆炸过后水过无痕的新闻。范春华卷款逃跑了，书店拨给食堂的员工伙食补助，被她一下子领了半年，然后消失得无影无踪，那间房子也上了锁，任何人无法进入。

苏阳"哦"了一声，好像这事与自己也没有什么关系，要说影响，就是自己彻底不能在食堂吃饭了。

夏冰说，有很多人写了信到书店办公室，甚至有人写信到省新华书店系统，最终这些信都返回县新华书店。董事长交给夏冰整理，有十几封。其中七八封是借范春华卷款逃逸的由头说董事长任人唯亲、公私不分等等。另外几封说新华书店管理层分工不清、不能选贤任能，论资排辈，任人唯亲。矛头指向吴副科长。让夏冰意外的是，有一封信竟然是说张德彪的，理由比较牵强。说他一年当中迟到了两次，开会的时候发火，对下属要求过于严格。董事长看了，冷笑一声，说道："混淆是非、欲盖弥彰。"

夏冰抽完烟，起身告别。临走的时候把苏阳的脏衣服抱起来，说："我回去给你洗了，晾干后给你拿过来。"

冷库防水工程差不多再有几天就完工了。赵建光和他的徒弟加班加点，需要打下手的临时工只有苏阳一个人，本来两三个人的活都落在一个人身上，苏阳更加辛苦了。罗明刚一个礼拜前就不干了，苏阳问起原因，罗明刚支支吾吾，最终还是说了："我来干活，不是为了挣一点工资，而是为了赵红青。""追到手了？"苏阳问。

这段时间，苏阳看到罗明刚屁颠屁颠地跟在赵红青后面，即使干了一天的累活，回到赵家还是忙前忙后。只要有接触赵红青的机会，罗明刚就绝不放过。但凡赵红青给他一点笑脸，罗明刚就乐不可支。

"狗屁，特妈当我是傻子，一直吊着我。二胖他们说她风流，我还不信，直到那天，我亲眼看到她在我面前和一个男孩拥抱、接吻。我才死心了。"罗明刚愤愤不平地说道，"都这样了，老子还给她干个屁。耽误我钓鱼，喝酒。"

苏阳关心的却是另外一个问题："你不干了，工资结了吗？"

"结个屁，我听小郑说，赵老家伙就是不想给钱，才找不到人。几个徒弟都翻脸了。"罗明刚将从小郑那里听到的话说出来。小郑本来把罗明刚当情敌，但在知道赵红青在外和别的男人鬼混后，和罗明刚站到一条战线上，同仇敌忾，酝酿着和赵建光彻底翻脸。

苏阳有点担心，自己可是指望着这笔钱呢，需要给赵毅伟还债，还要给父母买礼品。没有这笔钱，这段时间可白辛苦了。苏阳找了个机会跟赵建光暗示了一下，对方装作没听懂，苏阳脸皮又薄，不好意思追问。头顶上，阳光耀眼，苏阳无精打采地忙活着。

赵建光不断催促："小苏，你快一点，这沥青马上干了，用不了了。"苏阳"哦"了一声，只好加快速度。下班收拾完东西，苏阳鼓起勇气开口："赵师傅，工钱什么时候结一下？"

"工钱，什么工钱？"赵建光黑着脸问道。"咱们干活的钱啊，这都快一个月了，范班长当时说干一天给一天呢。"苏阳也有点生气。

"范春阳说的，那你去和范春阳要啊。"赵建光明显欺负苏阳。

苏阳也来气了，将手里的东西扔在地上，准备扬长而去。走了十几步，却被小郑从后面拉住。"我师傅让你等一下。"赵建光跟了上来，给苏阳递烟，苏阳未接，看着赵建光。赵建光换了一副面孔："小苏，不是不给，你要体谅赵叔的难处，我们干工程的都是年底结账，我现在哪有钱？除非等红芳她们姐妹结了工资，我再给你结账。"

苏阳明显听出这是搪塞。赵红青和赵红芳都是临时工，按件计工资，一个月才多少钱。赵红青一天到晚和一帮男孩子鬼混，一个月能上五六天班就不错了。赵建光竟然说等赵红芳姐妹俩发了工资才给自己结账。也不管赵建光在后面好话恶语，愤愤然扬长而去。

第二天，苏阳来征求罗明刚意见。罗明刚一脸无所谓的神情，好像给钱不给钱都行的架势。苏阳气不过："你当初不要钱是为了赵红青，现在赵红青不搭理你，你准备白干一场？"

罗明刚挠挠头："也是啊，我凭什么给他白干这么长时间？"

"咱不能赔了夫人又折兵啊。""就是，我有法子。"罗明刚说。

罗明刚的法子简单粗暴。找了二胖一帮人，直接去堵工地。抓住赵建光劈头盖脸就问："你给不给钱？不给钱我们打断你的腿。"赵建光这么多年混迹社会，见多识广，却被眼前一帮小混混缠住了手脚。要是不给钱，别说打不打断他的腿，若是真把他干活的家伙扔到楼下就糟了，这工程可是到了就要验收的节骨眼上。

赵建光认怂，从身上掏出一百五十块钱："求求你们这帮小老子唉，我身上就这么多钱。"

这帮小混子得胜归巢，晚上大吃一顿，花了一百二十元钱。

还是二胖看在罗明刚的面子上，好说歹说给留下来三十元钱。罗明刚分了一半给苏阳，说："剩下来的该你想法子了。当然我可以帮你介绍人，黄毛他们就专门干这个事，帮人要账，但收费较高。"

黄毛就是和光头那天晚上找事的小混混。光头开了舞厅，退出江湖之后，那帮人就被他接手了。整天在街上打打杀杀，收小商小贩的保护费，替人看门，帮人要账，做一些违法的勾当。黄毛打架凶狠，下手黑，据说现在县城的小团伙，就他这帮混得风生水起。罗明刚认识他，苏阳也认识他，却对他敬而远之。

苏阳没想找黄毛，黄毛却主动找到他，是胡园园带过来的。一见面，黄毛冲着苏阳抱拳："苏兄弟，不打不相识，咱们江湖儿女，有仇报仇，有怨报怨。听我家园园说，园园刚到车间的时候，受人欺负，还是你路见不平拔刀相助的。"苏阳看了一眼胡园园，想起来，几个月前就是为了她和黄清吵了一架。

苏阳没有说话，自顾自忙手边的活。黄毛脸色阴沉，胡园园赶紧挽住他的手臂，央求说："苏师傅可是我的恩人。"

"妈个批的，恩人敢在老子面前摆架子，甩臭脸，小心我削他。"黄毛不怀好意地看着苏阳。苏阳看到车间都是人，也不害怕，冷淡地回道："你削我试试？"

刚好赵毅伟、罗明刚进了胶印车间。看到气氛不对，赵毅伟嘿了一声："黄毛，你凶到车间里来了啊。厉害得很嘛。就是光头现在看到我们，也没你这么嚣张吧？你信吗，我给他发一个传呼，他马上就会过来。"

黄毛尴尬。自从光头要娶秦乐怡后，对书店里所有的人都客客气气。虽然自己现在混得风生水起，但在光头面前，还是小弟。"我不是听说兄弟被人坑了吗？来帮他要钱，他还不领情。"黄毛面色讪讪。

"不用。"苏阳冷淡地说道。赵建光欠自己钱不错，但自己不能用违法的手段去要，否则，自己不是也犯法了吗？

12

　　赵毅伟最近在商场看上一件皮夹克。据服务员说这种款式、皮质的皮夹克，冬天要四五百元，现在反季节倾销，只要三百块钱。赵毅伟每个月工资三百多，刚好够买一件。但他是个今天挣钱今天就花的主，口袋里很少有余钱，想起来苏阳还欠他一百五十元，立即回到厂里跟苏阳要钱。苏阳面露难色，嗫嚅着说："三哥，稍微宽裕我几天，再有五天我就发工资了，我先还你一半，行不行？"

　　苏阳工资已经涨到一百八十五元一个月了，只是最近物价上涨，原先一个米饺七分钱，前段时间涨到了一毛五，现在又涨到三毛了。所有的东西都在涨价，范春华卷款潜逃后，中午也要在外面吃。一百八十五元，吃饭、买烟，再买点简单的洗漱用品，每个月剩不下一分钱。

　　赵毅伟本来就黑的病态脸，听说苏阳没钱，脸色更黑，像个病包公。可怕的是他的嘴唇也发黑。苏阳有点担心地看着他："三哥，我就是晚几天还钱，你不用气成这样吧？"

　　"我特么是生气为什么有你这样的穷兄弟。"赵毅伟气嘟嘟地说。

　　"当初是你们要结拜的，可不是我想，是你们想做老大、老二、老三。"苏阳没好气地说。

　　刚到单位的时候，形单影只，钱不易揶掇几人学桃园结义，结果，论年纪，苏阳做了老小。活没少干，别的便宜没占到。罗明刚见两人气氛不对，忙从自己口袋里掏出一百元钱，说："我先替老四垫上。"

赵毅伟接过一百元钱，嘲讽罗明刚："你现在成大款了。"

"什么大款啊。这是我妹的钱，放在我这儿。"罗明刚说，又对苏阳说，"你可欠我妹一个人情啊。"

苏阳摊摊手。兄弟四人之中，罗明刚最忠厚老实，但有个毛病，特让苏阳害怕，就是总想方设法要把他妹撮合给自己。就连赵毅伟和钱不易都知道罗明刚的心思。钱不易很怕这潭水不浑，一直撺掇苏阳说："你就从了吧，罗小妹虽然胸小点，屁股不突出，但其他方面……"

苏阳知道钱不易什么心思。这次厂里来的临时工，不少都是单身女孩。一帮单身男员工虎视眈眈，私下盯好目标，如同潜伏在暗地里的猎手，期待猎物上钩一样。这帮单身男员工，对其中几个不敢有非分之想，比如胡园园之类。她们本身就是街头的混混，有小太妹的作风。她们不喜欢厂里这些本分老实的男孩，而喜欢那些在"江湖"叱咤风云的人物，比如黄毛和光头。赵红青也是这些小太妹中的一员，虽然罗明刚喜欢她，怎奈人家根本看不上他。为了让他彻底死心，直接在他面前和别的男人打情骂俏、拥抱接吻。钱不易也有喜欢的人，就是跟在苏阳班组的赵红芳，但赵红芳好像喜欢苏阳。苏阳对这个脸上还有婴儿肥的女孩，本来就不感兴趣，加上她父亲的作为，现在在厂里见到，连话也懒得和她说了。钱不易趁机将赵红芳调到自己的铸字车间，并找机会向赵红芳表白。哪知道这丫头鬼迷心窍，淡漠都说了一句："我喜欢苏阳，除非他有了女朋友。"

所以钱不易才热衷于帮助罗明刚完成心愿,让苏阳和罗小妹好上。至于苏阳将来能不能做自己的妹夫,那是以后的事,至少眼前,罗小妹不会形单影只,看着苏阳害单相思。钱不易这种心思,苏阳看得透透的,很想问问钱不易,"你小子在老家不是有女朋友吗,还要脚踏两只船,赵红芳比你小七八岁,你忍心糟蹋人家?"但这话可不能说出口,免得赵红芳误会,反而觉得自己对她有意思。

赵毅伟接过一百元钱,出门前对苏阳说:"你还欠我五十,这个月发了工资必须还我。"

罗明刚看着苏阳无奈的样子,再次提起找黄毛帮忙跟赵建光要钱的事,苏阳立马拒绝了。黄毛那些人干事没有底线,真要是伤了人或者出现不好的事,到时候把罪责推到自己身上,有口莫辩。即使法律上和自己没有关系,但若真有个什么闪失,那自己良心也会不安。

"吃亏是福",就算是自己初入社会接受的第一场教训和洗礼吧。

眼看中秋来临,苏阳领了工资,还了赵毅伟的五十元,口袋里还剩一百多。下班的时候,赵经理拿了一个收据走进车间。先到胶印车间,问苏阳;"苏师傅,大家都在办理零存整取,你要不要也报一下名?""什么意思?"苏阳问。

"就是每个月存十元钱,到了年底一下子取出来,不但能攒一笔钱,还有好几块利息呢。当然,我们存得多,每个月至少存一百二百,到了年底就是好几千元,这样三四年就能攒一万多块。"赵经理解释。这段时间,接替董事长的人选已经尘埃落定,是吴谦而不是志在必得的张德彪。张德彪虽然不服气,但也不得不接受这个结果。张德彪认清了事实,跟着张德彪的赵经理等人，也都慢慢老实了许多。

"这个……"苏阳虽然知道存钱是好事，但摸摸自己口袋，一共就一百多块钱，还有好多用处。钱太少，捉襟见肘啊。

"怎么，不相信你赵姐？你赵姐可是为了你好啊。你们年轻人花钱大手大脚，发完工资不存一点，拿到手马上就花了，到了春节回家都没钱。这一年一年的，一点钱攒不住。"赵经理和颜悦色地说道，"这个月我可是第一个来找你，大家都在排队等我收钱，然后我还要去银行给你们办手续呢。"

"这都是九月了，我现在才开始，也不算零存整取啊。"苏阳为难，这也是借口，实在是不好意思直接拒绝赵倩，毕竟她也是好心。

"这个容易，姐在银行有关系，可以把你前九个月补上。你这个月存九十就行。到了年底还是按照一年零存整取算，利息一分不少。"赵倩热情说道。如果是以前，她才没有耐心呢，但现在不一样。

苏阳犹豫了一下，从口袋里掏出一百元钱递给赵倩："这样啊，谢谢您了。"等着赵倩找钱。

赵倩接过钱，却直接塞进口袋，然后开了一百的收据："一百啊，刚好，我给你开一个存折。"苏阳眼巴巴地看着赵倩将钱装进口袋，接过收据。口袋里只有三十五元了。这可怎么办？别说中秋节回家了，就这三十五元哪里够花一个月啊？

苏阳无精打采地回到宿舍。先在楼下买了一块钱卤菜，三根卤豆干卷，又叫千张卷，拿回家自己用电饭煲蒸了一点米饭。刚端起饭碗，夏冰就推门进来了，先将六十元钱放到苏阳桌子上，说："这是你的稿费，你上次给我的稿费单三十块，今天又来了一张，我就做主给你一起取了。"

天降甘露啊，苏阳内心感叹一声。有这六十元贴补，这个月应该能熬过去。不然就像今晚，已经尽力控制了，菜加上米饭也要一块五毛钱。一天三顿，就是四块五，一个月也要一百三十五，难道真要把烟戒了？

　　夏冰看到苏阳吃这么简单，不解地问道："不是刚发工资吗？怎么还和平时一样？"苏阳叹息一声，把自己刚发工资赵倩来找自己零存整取的事说了。"要不是你帮我取了稿费，我都不知道这个月怎么熬下去了。"

　　夏冰"哦"了一声，说存钱当然是好事。赵倩这样也不是完全为大家着想，而是在帮银行完成任务。到了年底，她也有奖励的。

　　夏冰说完，转身出门。过了十来分钟，用报纸裹了两条"红梅"进来。"我今天也发工资了，送你的，要不平时老是抽你烟，过意不去。"

　　苏阳甚是惭愧，同时也很感动。红梅烟五元一盒，两条就是一百元钱。虽然夏冰工资高一点，但一个月也就三四百元。她的借口很假，在苏阳印象中，她总计抽了不到十根，还是很便宜的"东海"。

　　"谢了。"苏阳诚恳地说道。夏冰刚才临时决定给苏阳买烟，害怕苏阳为那点廉价的自尊推脱。看他没有矫情，也很高兴。苏阳吃完饭，洗干净碗筷。屋里安静下来。两个人坐下来开始闲聊。

　　夏冰问："中秋加双休日三天假，你准备干吗？"

　　"这不原准备回家吗？现在口袋没钱，什么都做不了了。"苏阳点燃一支烟，有点郁闷地说道。早知道这样，就拒绝赵倩的好意了，不搞这零存整取，存钱虽然是好事，那也得量力而行啊。

"我可以给你啊。当然，你也可以认为是我借钱给你。等你有钱了再还我。"夏冰说。这几年她的工资一直比别人高，又没太多花钱的地方，所以，夏冰攒了不少钱。

"不了，借钱是个不好的习惯，一旦开始，就停不下来，是个无底洞。钱这东西有就多花点，少就少花点，等有钱了再回家也不迟。"苏阳吐出一口烟，看着烟飘出窗外。

"也是。"夏冰说，"不回家你准备干吗？""没想好呢。不行就待在这屋子里呗。"苏阳说。

"就你这间小屋子，阴暗潮湿，待三天不出门都能待傻。"屋子确实不大，还没有光线。

"那你说干吗？"苏阳看着夏冰。反正县城里也没有什么朋友。虽然有个名义上的舅舅，但苏阳宁愿去广播台看望，也不愿意去他家。按理说这个名义上的舅妈也很不错，苏阳偶尔去了，也叫一起吃饭。但她看苏阳的眼神，好像天生有种疏离感，以及城里人看乡下人的怜悯，这种居高临下的优越感让人不适。苏阳准备中秋节前买点礼品送过去，真等过节那天就不去打扰人家了。

"咱俩骑车出去玩呗，我知道有个地方有一大片荷塘，荷花虽然落了，但是可以摘莲蓬。"夏冰说。

"好啊。"两人约定放假的第一天，就骑车去城郊荷塘。

农历八月十二，秦乐怡和光头结婚，婚房就设置在新华书店家属楼。光头的残疾哥哥把自己的房间腾出来给弟弟做婚房，自己搬到书店一间废弃的仓库。秦乐怡给宿舍楼送请帖的时候，钱不易和苏阳等人不在房间，就让李云等人转交。

今天的秦乐怡已经不同往日。早在一个半月前，她就从新华书店辞职并搬到光头家与光头同居，在舞厅里做了名正言顺的老板娘。身上的穿着也不是见惯了的运动装和工装，而是一袭旗袍，高档皮鞋，手腕上和脖子上戴着黄金项链、高档手表，柔顺的头发烫成大花卷。整个人珠光宝气，俨然一个贵妇人。

她看到宿舍楼内只有李云等人，先犹豫了一下，还是叫了一声："李姐，你们在啊。苏阳、钱不易他们呢。"

李云、王晨也很久没有见到秦乐怡了。看到这样的秦乐怡，她们内心五味杂陈。有遗憾、嫉妒，更多的是羡慕。王晨还上前摸了摸秦乐怡的旗袍，满脸羡慕地说道："这是真丝的吧？"

"嗯，我家老周从庐州买的料，请庐州师傅量身定做的。"秦乐怡平静地说道，语气里满是幸福和优越。

"有钱真好。这黄金项链和耳环，足足有十几克。"王晨眼巴巴地看着。"十几克？"秦乐怡不屑地叫一声，意识到自己失态，马上恢复平静。"光这一个手镯就二十多克呢，我听我家老周说，这条项链有五十多克，耳环也有四五克。"

"啧啧。"李云啧啧称奇，并给王晨使了一个眼色，让她不要这样没见过世面的样子。王晨嘻嘻笑了一下。虽然才搬走一个多月，但秦乐怡清楚地知道和眼前这些人已经没有什么共同语言了。

她从小包里掏出请帖，递给李云："我本来想简简单单办一场婚礼，请双方父母吃一顿饭算了，但我家老周非要说，这结一次婚不容易，怎么也要好好操办一下，还让我把你们这些老同事一起请了。我这不给大家送请帖来了嘛。李姐，王姐，你们可要赏脸啊。婚宴就在书店饭店，整个二楼都包下来了。"

李云接过请帖，应了一句，翻了开来。不仅是自己的，还有夏冰、苏阳等人。抽出自己的，又将王晨的抽了出来，其余的塞给秦乐怡。对着夏冰房间努努嘴，小声说道："她在房间里，你自己送给她。"

秦乐怡将夏冰的请帖拿起来，又抽出苏阳和钱不易的。

"这两个人麻烦李姐转交，他们愿意来就来，不愿意就算了。"

李云接过钱不易的："小钱的我转交没问题，这个……"拿出写有苏阳名字的请帖，朝夏冰房间努努嘴，"你让她转交。"

秦乐怡也不明白李云什么意思，犹豫着走到夏冰门口，挺起胸脯，鼓起勇气，推开夏冰的门。夏冰正在看书，门被推开，抬头就见一个珠光宝气，打扮成贵妇模样的人站在门口，看了半天，才看清是秦乐怡。"你不会敲门？""怎么还是一副劲劲的样子，你就不能适当合群一点？"秦乐怡皱眉说道。"看跟谁。"夏冰冷冷地说。

"我有这么差吗，让你这样看不上眼？"秦乐怡以前很怕夏冰。现在变成了一个贵妇人。但见到夏冰，自觉还是矮了三分。也许是积威日久而形成的条件反射吧。

"别废话，找我什么事？"夏冰问。秦乐怡也不想和夏冰多说一个字。将写有夏冰和苏阳名字的请帖塞到夏冰手里。"喏，我八月十二结婚，这是请帖。欢迎光临啊。"

夏冰接过请帖。说了一句："恭喜。"当看到苏阳请帖的时候，也没多言，"我会和他一起去。"

"你俩现在关系不错嘛。"秦乐怡调侃道。"关你什么事？"夏冰白了他一眼。秦乐怡最近本来就忙，筹办婚礼、装扮婚房。在夏冰面前又没落到口舌之利，哼了一声，转身出门。

夏冰看着秦乐怡的背影，暗暗思忖：秦乐怡嫁给比自己大很多的离异男人，值吗？她至少有一个归宿，而自己呢？

苏阳接过夏冰递给自己的秦乐怡的结婚请帖，又发愁了，钱啊，难怪古人说一分钱难倒英雄汉，这个月节外生枝太多，不合时宜的零存整取，秦乐怡的结婚礼金。夏冰看到苏阳表情，扑哧一笑，打趣道："前女友结婚了，新郎不是自己，想哭吧？"

苏阳瞪了夏冰一眼，表示不满。"故意逗你呢。礼金我都给了，到时候咱俩一起去参加她的婚宴就行了。"夏冰被苏阳脸上的变化逗笑了。苏阳有点惭愧。

"真是麻烦你了，这钱等我有了，还给你。"

"挺见外的哈。"夏冰说。

明天就是秦乐怡的婚礼了，虽说秦乐怡只是自己的前同事，但这毕竟是一个隆重的场合，大家都很注意自己的形象。

苏阳花五块钱理了个发，找出一件喜欢的 T 恤，提前洗了。晚上回到宿舍，看到桌子上放着一封信，知道是夏冰送过来的。这间宿舍只有两个人有钥匙，一个是自己，一个是夏冰。

苏阳记不得是哪天将备用钥匙交给夏冰的了。只记得当时，交给她钥匙的时候很自然，夏冰接得也很自然，好像本来就应该这样。

给了夏冰钥匙之后，苏阳的半间宿舍就整洁起来。地上再没有乱扔的臭袜子、内衣等，也没有隔夜的脏碗脏锅。宿舍虽小，却干净整洁。每天的衣服都整整齐齐放在床头，床上被子也放在恰当的位置。特别是书桌上，几叠书靠墙摆放，稿纸和笔整整齐齐。

夏冰还买了两盆绿植放在书桌边，说苏阳老吸烟，摆两盆绿植可以吸收二氧化碳。

信封没有打开，这一点夏冰做得很好。两人虽然亲近，但彼此都保持着适当的距离。像苏阳的书信，夏冰从来不会背后打开。苏阳拿起信封，熟悉的字体，卢曼越的。她的字不像一般女孩纤柔无力，较为狂放。这是苏阳高考之后第一次收到卢曼越的信，看着熟悉的字体，苏阳坐到桌前，抽了一支烟，让自己思绪冷静下来才敢拆开。

信纸很薄，只有一张，这不是卢曼越的风格。

苏阳的心莫名地发慌。还记得，当年在学校的时候，两个人曾经比赛，如何把一篇作文写长，还必须内容丰富。苏阳能将一篇老师要求一千五百字的作文写到四千多字，就无力后续了，而卢曼越洋洋洒洒，将这篇作文写到五千多字，还意犹未尽。

13

　　薄薄的信纸上只有寥寥数语。简单寒暄，语气生分客气，称呼也是苏阳同学。卢曼越的高考失利，让父母兄长非常失望，顶着压力去了毛坦厂中学复读。与其说毛坦厂是一个学校，不如说是一座高考工厂。每个人都像是机器上的螺丝，没有自由和休息，只关注每天的复习题做了多少，完成了几张测试卷。曾有人诟病这样只以高考为唯一目标的学校，能教出什么有用的学生。毛坦厂学校从来不做解释，只是默默地招生，按照固定的格式发展。这成了众多高考落榜生最后的圣地，也成了众多普通家庭望子成龙最后的出路。

　　对于普通家庭的孩子来说，唯有通过高考方能改变命运。

　　卢曼越在信中简单地描述了在校的状态：每天五点半起床，在规定的时间内洗漱完毕，然后去操场上边走边背英语，十五分钟到教室。上午四节课，中午吃饭休息四十五分钟，下午五节课后四十五分钟吃饭休息。接着是几节晚自习，直到十一点下课。回到宿舍，只有半个小时洗漱时间，晚十一点半熄灯睡觉。辛苦而充实。

　　然后话锋一转，为苏阳没有来毛坦厂复读而遗憾，并问苏阳，"你就甘于做一辈子工人吗？"

　　中间是一串长长的省略号。

　　最后一段："既不回头，何必不忘？既然无缘，何须誓言？

今日种种，似水无痕；明夕何夕，君已陌路……"

苏阳陷入长久的沉默。夏冰推开门，眼眸正对着苏阳寂寥的背影，一座不动的雕塑在她的眸子里不断放大。然后就看到他手里的信纸，以及文字。

夏冰缄默，悄悄地站立。很久，苏阳都没有回头。突然，苏阳双手抱脸，趴在桌子上，肩膀耸动。

夏冰伸出手，在空中停顿半晌。最终还是轻轻拍在苏阳的肩膀上。"总会过去的。"夏冰劝慰。虽然这句话显得非常轻飘，但是此刻，实在不知道用什么言语化开苏阳心中的愁绪。

不知道过了多久，苏阳抬头，笑了一下："没事了，很晚了，早点睡吧。"等夏冰离开，苏阳沿着楼梯走上楼顶，星辰灿烂，笼罩着这座城市，还有星空下模糊的山影。突然感觉，这座城市，是如此陌生。

八月十二，甲辰年，癸酉月，丁亥日。宜祈福、出行、求财、婚嫁、安葬，不宜赴任、出行。这是一个适合婚丧嫁娶的黄道吉日，秦乐怡的婚宴设在书店裙楼的一楼二楼。夏冰和苏阳没有一起赴宴，毕竟在公众场合，两人显得太过亲密不好。夏冰在十点四十左右入场，代表秦乐怡娘家人。之前，秦乐怡又来找过夏冰一次，想请夏冰给她做伴娘，被夏冰拒绝了。钱不易难得来苏阳处敲门，看不出什么表情："咱哥四个一起吧。"罗明刚和赵毅伟已经到了饭店门口，正等着苏阳和钱不易一起进去。

婚宴现场装扮得喜气洋洋。赵毅伟在前，钱不易紧跟着赵毅伟，罗明刚和苏阳并肩而行。后面还有一个拖油瓶，罗小妹。

四个人来到大厅，罗小妹却被拦在门外。"凭什么不让我进？我也是给了礼金的，虽然少一点，只有二十块，那是因为我挣钱少啊。"

四人听到声音回头，就见罗小妹被两个小痞子一样的人拦住，正在那里大吵大嚷。

"你属蛇，就是不让进。"两个黄毛小子态度强硬地说道。

"什么情况？"罗明刚率先冲过来，打开拦截罗小妹的手。

"关你什么事？"两个小子态度嚣张，鼻孔朝天，斜眼看人。

"大喜日子，你们捣什么乱？"赵毅伟过来，瞪着两个黄毛小子问道。赵毅伟虽然不混世，但城里孩子，从小也是喜欢打架捣乱的主，这两个小子认识他，压低语气说："赵哥，这不怪我们。周哥今天大婚，找了先生看日子。特意叮嘱，属蛇的不能进，说是'有煞、冲蛇'。"

赵毅伟紧皱着眉头，好像有这么一说。婚丧嫁娶要避这个避那个，但罗明刚最疼这个妹妹，这个妹妹又是一个拖油瓶。问题是这个拖油瓶现在不但缠着哥哥罗明刚，更将目标指向苏阳，亲近苏阳的机会，罗小妹是绝不轻易放弃的。赵毅伟转头问苏阳："老四，咱四个人你最有文化，他们说的是真的吗？如果是真的咱们再想办法，如果不是，我今天非要修理这两个小子。"

苏阳摇摇头说："这个我也不懂。"

赵毅伟和两个黄毛小子协商，但两个小子油盐不进。一摊手，说道："赵哥，你也知道我们做小弟的不容易，周哥吩咐了，让我们专门负责拦截属蛇的，你说我们怎么办？"

"什么大人物，吃个婚宴是给面子，还把人拦在外面，咱也不进了吧。"罗明刚气鼓鼓地说道，退后几步，走到门外。

"既然不进，那大家都别进去了吧。"赵毅伟干脆说道。

"好。"苏阳答应，退后和罗明刚站在一起。

钱不易站在原地，犹犹豫豫地说道："这不好吧？"

就在这时，二胖晃悠悠地走了过来，一问情况，也很生气。"要不进都不进，我进去将书店人都喊出来，让他这婚宴没什么人，看他面子在哪？"二胖说做就做，进去嗷一嗓子，二十几个人蜂拥而出，包括夏冰。本来热闹的室内一下子空了一半。

光头的残疾哥哥不明所以，拽着最后的人问道："怎么了，大家怎么了？我们老周家哪里做得不对？"

到了门口，外面黑压压站满了人，将婚礼现场的彩带、气球都挤坏了。周家残疾哥哥作揖稽首，终于问清了原因，气得浑身颤抖，挥手就要扇这两个黄毛小子，却被黄毛小子一推搡，摔倒在地。

场中顿时混乱一团。周家残疾哥哥坐在地上垂头丧气。双手拍打在地上号啕大哭："咱娘啊，你咋就生了两个这么不争气的孩子啊，我这身子不完整，你这小儿子更是不争气啊，现在好不容易像个样子了，结个婚，还要找这么多事啊。"有人上前劝解，有人站在边上看笑话，连路人都停下脚步指指点点。

夏冰走到苏阳身边，用胳膊一捅苏阳胳臂，苏阳回头，两人相视一笑，忽又觉得这种场合不应该这样，立马分开几步，板了个脸。

光头和秦乐怡在婚房内，就等吉时出门奔赴婚宴现场。从家属楼到酒店不到一百米，两三分钟就可以走到，所以两人拖拖拉拉，并不着急。刚刚走出宿舍楼，就见到裙楼门口挤了一堆的人，声音嘈杂，还有人在大声哭喊。光头眉头皱了起来，怒不可遏："老子大婚的日子，谁他妈这么不长眼，想死啊？"

有人过来，说："是你大哥。"光头愣了一下。转瞬就怒气冲冲地嚷道："老残疾，我就说这种场合不要他参加，还非得要死要活过来。过来就老老实实待在犄角旮旯里啊，非在这么多人面前丢人现眼。"边上一个书店的老人看了一眼光头，眼中露出厌恶。"你哥虽残疾，但费心巴力拉扯你，比父母还操心。为了你结婚，掏光口袋不说，还把单位分的房让给你，自己去住仓库。你这小子是拉屎把良心拉了。"

光头和秦乐怡本来是挽着手走向婚宴现场的，光头甩开穿着婚纱的秦乐怡，大步冲进人群，一把揪起哥哥的头发，不问青红皂白扇了他哥哥一记耳光。嘴里嚷道："你这个老废物，诚心不望我好是吧？"

众人惊呼一声，有几个书店老人看不过去，上前拉住光头的手，气愤地说道："小周，你这是干什么？你哥对你可是操碎了心，你怎么这样对你哥？"

因为哥哥是残疾，光头觉得很丢脸。否则，自己在城里可以更加威风。此刻，见到哥哥一把鼻涕一把眼泪，更觉得自己脸上无光。揪住他的头发把他从地上拉了起来，又问身边两个小弟现在什么情况。两个小弟快嘴快舌把事情经过说了，光头脸色变得阴沉，看向苏阳这边，眼神阴沉得可以滴水，然后不顾众人劝阻，一步步向苏阳这边走来，几个小弟凶神恶煞一般亦步亦趋。

众人纷纷让开，空出苏阳、罗明刚、赵毅伟以及罗小妹几人，就在这时，二胖拦在罗明刚前面，冷冷哼了一句，夏冰也是站到苏阳面前，而钱不易早已经隐身在人群之中。

"你们几个干的好事？真想与我光头过不去吗？"光头咬牙切齿地问道。"你还好意思说，大家来参加你的婚宴是给你面子，你搞一个什么属蛇的不让进。"二胖淡淡问道，在书店里面，还没有人敢欺负二胖。今天事情因罗小妹而起，二胖出头是出定了。

"这是道士算的。"光头说道，"就算一个人不让进，其余人呢。你们鼓动其余人出来，不参加我的婚宴，就是不给我光头面子。"

"你姓周的面子很大是吗？我们来参加婚宴，是给我们前同事秦乐怡面子，既然你说不让进，咱们这个饭就不吃了，礼金就当赞助了。"赵毅伟也是不冷不淡地说道。

"姓赵的，上回没把你揍老实是吧？哪里你都要插一脚，这事和你有屁关系，你又不属蛇。"光头狠狠瞪着赵毅伟。

赵毅伟抽出一支烟，点燃，索性不搭理光头。

光头再一次把目光看向苏阳，眼神之中充满怨恨。苏阳直视前方，并没有害怕，而夏冰站在两人之间，更像是在保护苏阳。苏阳相信，如果光头敢对自己动手，夏冰绝对不顾一切地反扑过去。

苏阳上前一步，将夏冰挡在身后，并小声说道："没事，我不信他敢对我怎么样。"没想到罗小妹走到苏阳面前，用小身板挡住苏阳。"厉害啊，你来打我啊，和我苏哥哥一点关系没有。"

罗明刚看到罗小妹这样，哎呀一声，捂住眼睛，心想："小妹啊，你也要看场合啊，就你那小身板顶得住光头一巴掌吗？真是没眼看啊。"但也站到罗小妹面前。场中气氛凝重到极点。

突然，秦乐怡抓起婚纱快步走到几个人中间，对着光头哭哭啼啼地说道："你不是答应我，从此以后老老实实做人，不打架了吗？今天我们大婚，你这是要干吗？"

光头气势稍微弱了一些，狠狠瞪一眼苏阳，又看向赵毅伟和二胖。"我今天不和你们计较，你们等着。""嘿嘿，谁怕谁。"

赵毅伟和二胖冷嘲热讽一句。

在众亲友的劝和声中,众人重新走进婚宴现场。赵毅伟耸耸肩:"他奶奶的,老子参加好多次婚宴,还没看到新人赶客的。"

"就是,老子也没遇到过。"二胖附和。夏冰在苏阳耳边小声嘟囔一句:"我突然觉得秦乐怡不会幸福。"

"嫁给这样的人,幸福才怪呢。不说别的,对自己亲哥哥这样,还能对别人好?"苏阳也感叹一句,隐隐为秦乐怡的将来担忧,虽然两人没有传说的恋人关系,但毕竟同事过一段时间。夏冰叹息了一声。

周家残疾哥哥等众人进了屋,脸上强装了笑容。走到几人面前,给几人敬烟。"各位啊,别怪啊。我父母死得早,小光有失管教,你们大人有大量,千万别计较了。"

众人本想立即离去,不参加这扫兴的婚宴,但架不住他哥哥哀求,还是进去了。找了一个角落坐下,六个人刚坐下,钱不易就闪了过来,面露谄媚和二胖说话。二胖父亲是厂长常乾明。

"你小子现在敢出现了,刚才跑哪里躲起来了?不怕和我们坐在一起,被光头记恨?"罗明刚对钱不易这临阵逃脱的作风很看不习惯。

"哪里哪里,我刚才怕你们打起来吃亏,去给你们找家伙去了。"钱不易面色讪讪地说道。"家伙呢?"赵毅伟斜了他一眼。钱不易顾左右而言他,二胖也贴近罗小妹,没有搭理凑近他说话的钱不易。

苏阳和夏冰坐在一起,李云也走了过来。不一会儿,王晨也走了过来,这个桌子刚好十个人。除了赵毅伟、二胖、罗明刚、罗小妹，其余六个人都是宿舍楼的。还有一位，和苏阳换宿舍的男生，那个男生说道："咱们可是秦乐怡在县城的娘家人。"

李云撇撇嘴："咱们别热脸贴人冷屁股了。秦乐怡现在嫁入豪门，才不愿意把我们当娘家人呢。"

王晨笑嘻嘻地说道："多大的阔太太，还能忘记过去？这人生经历又不是写在纸上的铅笔字，说擦就能擦去的。"

苏阳看了一眼王晨，没想到她还能说这么有哲理的话。

经过刚才的花絮，婚宴晚了十分钟。新人敬酒，敬到这一桌的时候，光头面色明显有点不悦。虽然强颜欢笑，但草草走过。秦乐怡期期艾艾地，夏冰明显感觉到她脸上有泪痕。

众人喝酒划拳，几个人觉得无趣。罗明刚率先说道："咱们上楼唱歌跳舞去吧。"裙楼三楼是舞厅，今天对内部免费开放。

罗小妹第一个响应。钱不易严重支持这个提议。李云和王晨也很喜欢。赵毅伟邀请二胖，二胖指指自己的肚子，自嘲地说道："你看看我这个肚子，哪个女孩愿意和我跳舞？我低头看不到自己的脚，估计每一步都能踩到女孩的脚上。"说完，偷偷扫了一眼罗小妹。有一瞬间，苏阳突然发现二胖好像很喜欢罗小妹。似乎每说一句话都比较在意罗小妹的感觉。真是落花有意流水无情啊，这世上因缘二字，太过神秘，总有不同的平行和节点。你以为遇到了，却在某一个节点擦身而过，你以为错过了，某人却在下一个节点等你。

夏冰反感跳舞，也禁不住大家的央求，起身和众人一起走进舞厅。舞厅灯光迷离，声音嘈杂。赵毅伟最喜欢这种场合，进去之后先拉起李云，转瞬间就走在舞厅中心翩翩起舞。

"你怎么不跳？"夏冰贴在苏阳耳边问道。

"我不会啊。什么恰恰、探戈，我都不会。"苏阳老实回答。

"不应该吧，那个罗小妹来请你跳舞了。"夏冰说。罗小妹果然站到苏阳面前，伸出手。苏阳挥手，说："我不会。"罗小妹只好失落地走开。

夏冰附在苏阳耳边笑着说道："我看罗小妹对你挺有意思啊，实在不行，就收入帐中吧。多一个这么小巧可人的妹妹多好。"

苏阳疑惑地看了夏冰一眼，心想这丫头什么时候这么八卦了。蓦地惊觉，"她不会是喜欢了我吧"，随即自嘲："我真是自作多情，这么优秀的女孩，怎么会喜欢又穷，又前途渺茫的我？"水往低处流人往高处走，比如秦乐怡不就因为要当阔太太而嫁给大七八岁的离异男人光头了嘛。

"才不是吧，你看二胖好像喜欢罗小妹。"苏阳凑在夏冰耳边说道，并用手指指二胖那边。刚好二胖起身，请罗小妹跳舞。一个身形肥胖，一个娇小可人，两人在一起跳舞，别有一番风采。

14

舞厅里声音嘈杂，人影在凄迷的灯光下晃动。苏阳和夏冰都不太喜欢这种场合，相互看了一眼，准备起身离开。就在这个时候，舞厅中心骚动起来，然后就听到罗小妹的哭喊声和二胖的咒骂声。

"什么情况？"罗明刚率先站了起来。扒拉开人群，冲进舞池中央。就见几个黄毛将二胖和罗小妹围在中间，一个流里流气的人将两人分开，几个人相互推搡、拉扯。二胖脸上流着血，分明是拉扯中被人下了黑手，罗小妹头发凌乱，狼狈不堪。

罗明刚朝人群外大嚷一嗓子："老大、老二、老四。咱妹被人欺负了，抄家伙啊。"苏阳还没弄清楚什么情况，赵毅伟已经抄起桌子上的啤酒瓶向人群中心冲去，被苏阳一把抓住："你这是干吗？先弄清情况。"此刻，人群已经散开，有的人怕惹祸上身，慢慢向出口退去，钱不易躲藏在人群中，也向出口退去。

"肯定是干起来了呗，咱兄弟不能被人欺负。"赵毅伟看着舞池中央说道。二三个黄毛揪住二胖，两个小太妹揪住罗小妹头发，罗小妹给人的感觉就是营养不良，头发发黄稀疏。现在被人扯住头发，头皮都露了出来。

罗明刚已经加入战斗，冲向揪住罗小妹头发的小太妹，也不顾好男不跟女斗的"江湖规矩"。拳打脚踢，两个小太妹被打得嗷嗷乱叫，鬼哭狼嚎："打死人了。"

围住二胖的三个小黄毛，其中两个就是刚才在婚宴大厅门口拦截宾客的。听到两个小太妹叫骂声，马上冲了过来，和罗明刚纠缠在一起。罗明刚只好舍弃两个小太妹反击，两个小太妹刚才被罗明刚一顿暴揍，此刻得到解放，立即又把怨气撒在罗小妹身上。罗小妹身单力薄，哪里是她们的对手，被两人压在地下，拳头如雨点一样砸在她的身上，她毫无还手之力，只能大声嘶号。

二胖被人围攻，眼眶发乌，鼻孔流血，身上更是被拳打脚踢。好在他皮糙肉厚，除了脸上挂彩，并没有什么大碍。三个人此时变成一个人，二胖反客为主，揪住剩下的那个黄毛的头发，摁在地上狠狠摩擦，并一屁股坐到他的身上，扬扬得意。"敢在书店的地盘打老子，不想好了？"就在这个时候，听到罗小妹嘶号，见到罗小妹被摁在地上，感觉心在疼，比自己被人打了还愤怒。立马要冲过去解救罗小妹，但是身体肥胖，一个踉跄，摔在地上。被他摁在地上的黄毛打架经验丰富，马上抓住这个机会，骑到二胖身上，揪住他的头发。二胖气得嗷嗷乱叫，心里更加担心罗小妹受到欺负。

赵毅伟走上前去，一脚踹在这个黄毛身上，将二胖好不容易拉了起来。二胖起来第一件事就是冲向罗小妹这边，将两个小太妹撞翻，拉起罗小妹，焦急地问："小妹，你没事吧？"

罗小妹呜咽不止。二胖上下打量着罗小妹，见她头发被揪掉几缕，脸颊上还有几缕残发，狼狈不堪。气得回身扇了小太妹几记耳光，还不解气，抬起一脚狠狠踹在小太妹身上，将这个小太妹踹得面贴地滑出去很远。其中一个黄毛是这个小太妹的男朋友，见到女友被欺负，也嗷的一声扑了上来。

此刻的场中，小流氓一伙有三个男的，两个女的。五个人对付二胖和罗小妹，优势明显。随着罗明刚和赵毅伟的加入，已经落了下风。一个黄毛找个机会冲出门去，不一会儿涌进来五六个同伙。有人手拿木棒，有人手持啤酒瓶，将罗明刚等四个人围在中心。加上刚才五个人，罗明刚等人明显气弱。

在夏冰惊诧的目光中，一直沉默不语但始终关注场上的苏阳突然站起身，两只手分别抓了啤酒瓶挡到罗明刚等人面前。面对虎视眈眈的十个流氓，两只手的啤酒瓶狠狠磕在一起，啤酒瓶碎裂。双手抓住留有锋利缺口的啤酒瓶，对面几个人看到苏阳这样，有人害怕退后了几步，也有人冷笑一声，上前几步。举起手上的棍棒。气氛紧张，大战一触即发。

鬼使神差地，夏冰站起身，快步走到前面，和苏阳并肩而战。

"你？"苏阳侧身，看到夏冰，急急说道，"你快走，这不是你该待的地方。"

"就准你做英雄。"夏冰笑了笑，低声说道。然后朝对面说道："这里是新华书店，不允许你们为非作歹。我已经报警了。"

十人当中有四五位认识这位新华书店的当红人物，知道夏冰在书店说话分量很重。这帮人虽然游手好闲，欺侮百姓，但也都是欺软怕硬的主。其中一位领头也就是胡园园的男朋友，站出来说道："夏主任，你怎么也在这里？今天的事情与你无关。"

"这是新华书店舞厅，我在这里，很正常。你们这些人，在我们书店闹事，你说怎么办？"夏冰不想让事情闹大，更不想苏阳掺和进来，毕竟打架斗殴不是好事，也容易受伤。

"事情是有原因的。"胡园园男朋友用手指着罗小妹，"就是这逼样的找的事。""你说话注意点，谁逼样的，你妈才是逼样的。"见有人骂罗小妹，罗明刚还未说话，二胖率先反击。

"你？！"胡园园的男朋友暴怒，但一见是二胖，想到自己女朋友还在对方父亲手下做临时工，立即气弱了一点。

"常晓飞，你总得讲理吧，今天是你们的人用烟头烧了我们人的衣服。"胡园园男朋友叫道，并将一个人拉到身前，让他背对众人，只见他新买的T恤上有一个黑洞。

众人看向罗小妹，她吞吞吐吐地说："我在舞池边抽烟，他自己撞到我烟头上的。"

"罗小妹，你冤枉我。我衣服没长眼睛，怎会撞到你烟头上去的，就是你拿烟头烫我衣服的。"这个小黄毛气急败坏地说道。

"就没有。"罗小妹语无伦次，急赤白脸。

"这位兄弟。"苏阳伸手拦住罗小妹，并示意她闭嘴，"问你一个问题，你说你的衣服没长眼，你怎么看到是罗小妹拿烟头烫的？"

"这个？我眼睛看到的。"小黄毛激辩道。

"不对啊，你衣服的洞分明在后背，你的眼睛长在后背？"苏阳慢条斯理地问道。

"这个……"小黄毛张口结舌，有理说不清。

大家心知肚明，这一次可能真不赖小黄毛等人，衣服上的洞明眼人都能看出是刚刚被烟头烫的。场中抽烟的人多也就罢了，恰巧那时候，就罗小妹故意耍帅。被二胖邀请跳舞的时候心不在焉，点燃了一支烟，夹在手指上东张西望，恰好和小黄毛等人撞在一起。跳舞的时候，身形本来就变动很快，一会儿前一会儿后。苏阳刚才的两句话看似很有道理，但是没考虑舞厅场景，明显是在为自己这一方开脱。

舞厅这时候涌满了人，刚才离开的又有部分人回来。更多的是参加婚宴的人，分属两个阵营。有新郎光头周小光的狐朋狗友，从穿着打扮上就能分辨出这一帮人不务正业，头发搞得五颜六色，还有不少剃光头的，露出铮亮的头皮。衣服也是五花八门，有人把上衣卷起，露出肚皮，肚皮上刻字、文身，不一而足。另外一群人是书店的同事，相对正常得多。物以类聚，人以群分。书店的同事看在光头残疾哥哥的面子上，礼尚往来，参加今天的婚宴。没想到好好的一场婚宴先因为拒绝属蛇的人进入，打了两架。等到吃饭，这一帮人又大吵大嚷，把婚宴搞得不伦不类，乌烟瘴气。比较讲究和自诩有身份的人酒菜还没上桌，就找了一个理由离开了，剩下来的人本着花了钱不吃有点亏的原则，勉强留下了下来。菜吃到一半，听说舞厅又打了起来，两群人不约而同走进舞厅看热闹。

他们刚进来，就听到苏阳的话。觉得是无理搅三分，但对方一时之间又找不到反驳的理由，顿时哄堂大笑。等有人看到夏冰和苏阳站在一起时，心中又多了很多不解。

舞厅经理刘华强此时也从婚宴现场赶了过来。一看到场中情形，顿时有点发愁。一边是光头手下这帮混不吝的小弟，舞厅等娱乐场所最怕这一类人，捣乱、收保护费。虽然舞厅属于新华书店，有事业单位撑腰，这帮人不敢明着砸场子，但隔三岔五地来几个小弟骚扰一下客人，也是麻烦事。何况，新华书店准董事长吴谦，是一个虽然年轻却很传统的人。他不喜欢在新华书店开设舞厅、餐馆这类产业。没了舞厅，也就没了舞厅经理这个岗位，那刘华强的管理岗位就有名无实了。张德彪曾经答应过自己只要把舞厅餐馆弄好，早晚会把自己扶上去。舞厅到现在还没有关停，其实也是两方势力还在博弈阶段的体现。这时候任何风吹草动，对刘华强和张德彪都很不利。

如果今天只是一帮小流氓和其他客人发生矛盾，刘华强有很多办法平复此事。但场中那几个人，都是书店的，他稍微看了几眼，有几个人是他得罪不起的。董事长马上就要退休，如此敏感时刻，很难预料董事长是否在有意试探什么。如果撞到枪口上，正好拿来祭旗。

刘华强将一帮小流氓叫到一边，安抚了一下，为首那人也就是胡园园的男朋友，得理不饶人，梗着脖子说："刘经理，你今天必须给我一个交代。大家都是道上的人，我兄弟衣服被那个逼样的烧了一个大洞，人还被打了。"

"沈二公子，"刘华强停顿了一下。胡园园的男朋友叫沈晓光，因为打架总是冲在前面，下手狠毒，在小团伙中排行老二。光头之下就是他说了算。"既然大家都是道上混的，咱们就按照道上的规矩。舞厅之中，有点冲突很正常。但是有一点，今天是你们老大的大喜日子，你们这样弄，对你们老大影响很大，也不光彩。"

"那你说怎么办？"沈二公子往日无理都要搅三分，生怕天下太平。更喜欢有事没事找一点事，以便从中捞点好处。今日自己兄弟明显吃亏就更不能被刘华强这几句轻飘飘的话语糊弄过去。

"双方都息事宁人，就当没这个事发生。"刘华强说。

"你放屁。"沈晓光一拍桌子。刘华强也不示弱，蹭的一下站起来。指着沈晓光众人骂道："老子混的时候，你们还不知道在哪个犄角旮旯穿开裆裤呢。老子今天跟你们好好说话，是给你们光哥面子，毕竟他今日大喜的日子。你以为老子是给你们面子啊，还和你们商议啊。识相的，乖乖给我滚蛋，否则，老子……"

沈晓光他们既然自认为是混世的，当然对刘华强这些老年混社会的有过了解，知道他的一些根底。一时之间也被他的气势吓住，相互看着，都在等沈晓光定夺。刘华强见气氛差不多了，从口袋里掏出二百块钱："这钱算我个人拿了，各位给我一个面子。"

沈晓光犹豫了一下。心想，自己也没吃亏，说了几句场面话，接过钱，塞进口袋。呵斥众小弟退出舞厅，然后回新房准备闹洞房。

刘华强看着一众小混子在家属院闹哄哄的场景，恶狠狠地吐了一句："逼样的，真有本事，下手狠一点。这么多人被几个看上去文质彬彬的老实人揍成那样，还好意思说自己混社会。老子要不是不想在这节骨眼上节外生枝，还在乎你们？"转身出门，见夏冰和苏阳已经走了，只有二胖和赵毅伟还有另外两人坐在舞厅沙发上。二胖眼眶发黑，鼻孔的血已经止住，坐在那里哼哼唧唧。赶紧走过去，"常兄弟啊，你这是咋了啊，老子非把那帮小子弄死不可。"

二胖斜眼看了一眼刘华强，"哼"了一声。刘华强赶紧拿出冰块，亲自给二胖红肿地方做冷敷。

"这里真乱。"回到房间，苏阳皱眉说道。来县城已经三四个月了，也渐渐明白人与人之间的交往比校园里复杂不少，不同场合有不同的人际关系和处事方式。

"这些就是社会毒瘤。早晚会被铲除。"夏冰指的是光头等一帮人。"这个我相信。社会上要是总留这些人，危害极大。"苏阳附和了一句。"没想到你今天这么勇敢哈，打架的时候，还敢向前冲。"

夏冰白了苏阳一眼，心想："你傻啊，不是为了你，我会往前冲？"

苏阳和夏冰回到宿舍，有一搭没一搭地说着话。夏冰回自己宿舍，临走的时候，习惯性地抱起苏阳的脏衣服。对于夏冰这个动作，苏阳也已经习惯了。两个人并不知道离开舞厅后发生的事，就在苏阳关门准备看书的时候，钱不易鬼头鬼脑地探头进来："架怎么样了？谁赢了？"

苏阳怕打架，更不喜欢打架。但也不会像钱不易这样临阵逃脱。钱不易这人，咋咋呼呼，义气挂在嘴上。平时四人吃饭，就他说得多：什么兄弟有难两肋插刀，有危险自己肯定冲在前面，等等。不了解他的人真以为他"义"字当先，是一个热血青年。但刚才这件事恰好说明了问题，罗小妹被人拦住的时候，他第一个做了缩头乌龟，一个屁都不敢放。等二胖和人打起来，罗明刚赵毅伟立即冲到前面，苏阳紧跟在后，一向高冷的夏冰都没有退缩，反而和苏阳并肩而立。钱不易就在那个时候隐藏在人群中偷偷溜了，现在事情结束了，到苏阳这儿探听消息。苏阳甩给钱不易一个冷脸，自己坐在桌前抽烟。钱不易对苏阳这种态度已经习以为常，摸出口袋里的"红塔山"给自己点上一支，悠闲地吐了一个烟圈。也不管苏阳是不是在听自己说话，自顾自说道："苏阳，我知道你对我有意见，我很多行为你看不惯，其实，我也看不惯你好多作为。咱俩都是从农村来的，不比赵毅伟、二胖这些城里孩子，他们有靠山。我们甚至不如罗明刚，他家虽然在郊区，但在城里也有关系。比如今天打架的事，如果罗明刚真出了事，二胖会第一个为他出头。如果事情闹大，二胖解决不了，常厂长也会出面摆平。但是你我呢，如果真出了事，即使是同等罪责，也会先拿我们开刀。至于最终的替罪羊，肯定是你我这种。我知道你心里在想什么，看不起我。但是苏阳，为了这个所谓的看得起，还有什么哥们义气，被人当替罪羊，谁来帮我们？然后我们的青春呢，我们的前途呢？"

15

无论刘华强如何想息事宁人，暗自消化，舞厅打架事件还是在新华书店引起了轩然大波。

这么多年来，红螺县新华书店发展极快。除了图书销售主业做得红红火火，副业搞得也风生水起。在省新华书店系统内各项考核都遥遥领先，也是县内标杆企业。这和董事长个人吃苦耐劳、雷厉风行的领导作风有很大关系。可以说，没有董事长的领导能力就没有红螺县新华书店的今天。如今，董事长即将功成身退，他希望最后几个月安然无事，为自己的职业画上一个圆满句号。但在这节骨眼上却发生了这样的事，一旦被新闻媒体发布出去，将会造成怎样的影响？甚至，一旦省店知道，也会追责，这将会是他职业生涯里的一个污点。

董事长震怒，整个书店如地震一般，相关人员瑟瑟发抖。不知道这一击会落在谁头上，最终会是什么处理结果。会不会对几个中层造成影响。没过多久，舞厅打架事件的后遗症还是一个接一个地来了。打架当天，县广播台驻县城记者站就写了一篇通讯：《文明单位发生不文明行为》。探讨了作为县内文化企业，发展舞厅等第三产业是否合适？稿子一审二审之后，交给台长黄成德。黄成德见是关于新华书店的，内容对书店不利，涉及好友吴谦，对他影响不好，就压下了。打电话叫来记者，侧面了解，竟和苏阳也有关系，好像苏阳当时就在现场。是不是深度参与，记者也不是很清楚。黄成德震怒，打电话到书店，让人通知苏阳马上赶到台里。苏阳见到怒气冲冲的舅舅，解释了半天，才熄灭舅舅的怒火。黄成德语重心长地说："苏阳，我把你弄到县城里来，是希望你通过自己的努力，做一个像模像样的人。积极上进，改变自身和家庭状态，而不是学坏。你这动不动就参与打架，非常不好，也是一个污点。"

"舅，我知道了，以后我绝不参与这些事。"苏阳诚恳地说道。人生需要导师，特别是关键的时候，点拨你一下，会让你一生少走很多弯路。苏阳看着眼前这个虽然与自己没有任何血脉关系，却多次出手帮助自己的舅舅，充满感激。

"这件事对吴谦也不好，你先回去，看看书店如何处理。我也要适当和他沟通一下。年轻人嘛，有时候需要一些担当，甚至一些意气用事，但一定要把握一个度。这次好像常乾明儿子常晓飞也参与了，另外，好像那个夏冰，很维护你？"舅舅虽然是局外人，但对新华书店内部也很了解，话里话外都透露出，很关心这个外甥。

苏阳点头，准备离去，舅舅又从抽屉里拿出几张卡片，递给苏阳。"最近稿子写得不错，你在《新安晚报》《江淮晨报》的稿子我也看了，很好，继续努力。说不定你就是吃咱们这行饭的料，你如果是大学毕业就好了。"卡片是新闻通讯录用后发放的稿费凭据，每张三到五块钱，苏阳已经积累了三四十张，只等阳历年尾兑换稿费。

苏阳刚出大门，吴谦的桑塔纳也开了进来，擦身而过。吴谦看得见苏阳，苏阳却没看见车内的吴谦。停好车，下车之后的吴谦看着苏阳的背影，才走进广播台。黄成德知道吴谦要来，让手下备好茶水，然后拿出一份台内秋季广告任务分解文件。

两个人是老朋友，简单寒暄几句，开门见山。

"黄兄能将这稿子先压下来，并第一时间通知我，我是万分感谢啊。"吴谦说道。

"吴董今天是来和我谈公事啊？"黄成德哈哈笑了一声。

"此话怎么讲？"吴谦问。

"哈哈，"黄成德甩给吴谦一支烟，吴谦先给黄成德点燃，然后自己点燃。烟雾中，黄成德笑着问，"咱俩认识快二十年了吧？"

"快了。"吴谦不知道黄成德葫芦里卖什么药，静等下文。

"兄弟。"黄成德再一次开口，"我知道这篇稿子播发后对你没有什么影响，甚至还能帮你打击对手，毕竟舞厅饭店不属于你管。但你要知道，上意难测，如果这个时候发布这篇稿子，你们董事长会怎么想？他这一辈子要强好胜，有成就的同时也得罪很多人吧？那些人巴不得找点事，即使不影响他功成身退，但至少能恶心他一下。他心情不好，你能顺利接手？"

吴谦突然站起身，冲黄成德抱拳行礼："谢谢兄弟，还是你想得周全。我倒是把这茬忘了。""身在局中，有时候难免陷入迷局，不能考虑周全，理解理解。"黄成德也抱拳。

"谢谢兄弟，感激不尽。老规矩，一人一瓶酒，你说了算。"吴谦说道。"喝酒事小，工作事大啊。"黄成德感慨一声。

这几年广播台不好过。虽然上面有拨款，不完全是自负盈亏，但所有支出必须按规定支付，在经济大潮形势下，广播台除了广告收入，没有别的产业。台里所有人都有广告任务，黄成德当仁不让。

请吴谦帮忙分担一点。吴谦犹豫了一下，说："兄弟的事就是我的事，再过几个月，我给你解决一部分。"

"好说。"黄成德任务不多,而且已经完成了一大半。

谈好正事,接下来的话语就轻松不少。相互聊聊家庭,或者其他八卦。酒酣耳热之际,聊得更是透彻。

黄成德突然想起来什么:"你们单位的夏冰怎么样?"

"为啥问她?"吴谦问。黄成德说:"是帮我姐夫问的。"

"你姐夫和她什么关系?"吴谦来了兴致。

黄成德姐夫就是苏阳表叔,苏阳妈妈的表哥。两人母亲是亲姐妹,在公安局上班。黄成德还是摇头:"苏阳,我姐夫的姨侄子。"

"哦,小苏啊。"吴谦有点意外,趁着酒劲问:"我看姐夫,还有兄弟你,对这个小苏都特别关照,刚开始我以为你们是真正的亲戚呢,后来才知道,你们隔得也挺远啊。"

"我姐夫小时候家里特别穷,小苏的母亲一家对我姐夫很关照。哪怕家里只有一口吃的,也要分我姐夫一半,直到我姐夫去当兵。小苏母亲一家还一直关照着我姐夫的母亲,那日子太苦,没有这一家的关照,我姐夫一家很难扛过那段苦日子。"黄成德说,"咱受人滴水之恩,不说涌泉相报,也要做些力所能及的。既然孩子来到县城,咱们最起码要关心一下。孩子岁数也不小了,听说夏冰对他也挺维护的,如果他们能够成为一对,我姐夫回老家,面子也好看不少。"

"原来是这回事啊。"吴谦给黄成德敬了一杯酒,"理当如此,滴水之恩该当涌泉相报。小苏这孩子确实不错,从农村来,身上虽然还有土气,但比较义气,好学,为人谦虚,文采不错。要是在书店能耐下性子,将来我给他解决一个大集体身份,只是需要一个时机。"

"这个当然好。"这一次是黄成德给吴谦敬酒。

山里孩子，要什么没什么，初来城里，土里土气，可以理解。如果能在单位解决一个身份，对他一生都是好事。虽然只是一个大集体，但更多的是接替父辈职位，才有这个待遇。

吴谦将黄成德压下稿件的事，汇报给董事长。董事长推了推老花镜，看了一眼吴谦，虽然眼前之人是他多年来着力培养，但董事长即将退休，内心复杂。见吴谦一如既往地恭敬，内心稍微平衡了一些。

"哦，小吴啊，做得不错，你是怎么想的？按理说，这篇稿子发了对你有好处，倒霉的是张德彪。你就不想借这个机会报复一下张德彪？我听说前段时间，你们可是明争暗斗啊。"

"董事长，我没想过这篇稿子发了对我有没有好处，也没想过是不是对张德彪不利。我唯一原则就是，所有的事只要对你不利，我就要顶着……"吴谦郑重其事地说道。

"好了好了。"董事长满意地挥挥手，打断吴谦，"你客气什么。我一直把你当作自己的孩子。省店文件下了，快宣布了，这段时间没事就好。就一两个月，这些人也不急，即使想跳墙，也给我按住。"

"你放心，我一定会关注的，不给你添加任何麻烦。"吴谦保证。

"好，还有一件小事，交代一下，你能办就办。"

"董事长你说。"吴谦问。"印刷厂的苏阳，就做一个工人好了。即使有黄成德的关系。"董事长淡淡地说。对于这个，他觉得吴谦不会拒绝，也没有拒绝的必要。

吴谦说："好的。你放心。"

商议之后，立马开会。讨论打架事件如何处理。

张德彪垂头丧气。董事长等众人坐定后，问："刘华强呢？"

"我就没让行政部通知他。"张德彪马上接话。

"在他管辖的范围，出了这么大的事，他想逃避，能逃得了吗？马上通知他过来。"董事长威严十足。

行政主任小曹马上起身，去通知刘华强。

这空当，董事长侧身问常乾明："晓飞没事吧？据说他昨天很勇敢啊。"常乾明赶紧搭话，"报告董事长，是我管教不严。这小子昨晚回家又被我揍了一顿，让他胡作非为，让他不懂事。"

"你呀，"董事长用手指一点常乾明，"对孩子不要这么严格，不要动不动就动手，应该说教为主。男孩子啊，没一点血气哪行？"

张德彪低着头，听到这些话，心里腹诽：什么狗屁道理。他也知道董事长是在借聊天给今天的会议定调，看来，对自己极为不利啊。自己该装一次孙子了，低调一点。等下不管别人怎么说，一概承受算了。也希望刘华强这个不争气的属下，不要受不住委屈。

16

刘华强怀着忐忑不安的心情走进会议室，董事长用严厉的眼光扫了他一眼，便沉默不语。董事长不说话，其他人也跟着缄默，会议室内的气氛如蓄满了水的乌云一样，随时会来一场暴风雨，但雨来之前的压抑更令人恐慌、惊惧。

参加会议的人几家欢乐几家愁。欢的是吴谦等人，在舞厅发生这样的事，最大的责任就是舞厅经理刘华强。

没人说话，气氛有点僵持。不能总这么僵持下去吧？吴谦率先打破了沉默："董事长，你看可以开始了吗？"

"你先说说吧。"董事长让吴谦主持会议。

"事情的经过大家都已经知道，我就不赘述了。这件事影响不太好，县广播台记者写了一千多字的新闻稿，暂时被压了下来。主要是广播台考虑这几年和我们书店的诸多合作都很顺，不想给我们造成不好的影响。今天，刘经理也来了。既然董事长让我处理，我想先听听刘经理自己有什么看法。"吴谦眼光瞟向刘华强。

"我……"刘华强本来是一个能言善辩的人，但是此刻，他不知道如何开口，求救一般地看向张德彪，张德彪却没看他。

他忙主动认错："都是我的错，我管理不善，任你处罚。"

"哦，态度不错。"董事长点头，率先说道，"能认识自己的错误就好，咱们还是以育人为主，多培养保护年轻人。对刘经理的处罚，大家都可以提一些建议，咱们发扬民主。"

董事长既然定调了，大家也都知道了。这件事要轻轻放下，虽有人心里不甘，但也不愿意发表个人意见。纷纷发言，三言两语，不咸不淡。这事竟然就这样过去了。

最终董事长决定给刘华强一个口头警告。书店内参加打架的几个人，处分也都下来了。起因的始作俑者临时工罗小妹严重警告，给予罗明刚通报批评，给予赵毅伟口头警告。鉴于夏冰、常晓飞迎难而上，精神可嘉，给予见义勇为奖。钱不易、李云等人没有参与，不做处分。谈到苏阳的时候，董事长征求吴谦和张德彪建议。

"我感觉不应该处罚小苏，前后他虽有参与，但并没有出手。"张德彪说。吴谦说："一切听董事长定夺。"

董事长哈哈一声。"这个啊，既然苏阳同志没有参与打斗，还在关键时候出手化解矛盾，我觉得应该奖励。至于奖励什么？我个人建议以精神奖励为主，发一个通报表扬。"

会议结束。因为最后是节日福利发放议题，这让本来有些压抑的专题会顷刻间变得轻松、愉悦。董事长说在大家共同努力下，新华书店蓬勃发展，为了感谢大家大半年的辛苦，激发大家的工作积极性，今年的中秋福利只要不超过上限，大家可以畅所欲言。发一些大家喜欢的、需要的。董事长问："是发钱好呢，还是发东西好？"

气氛轻松，行政小曹随口说了一句："当然是发钱，也发东西。"说完吐了吐舌头，看看众人，又瞄了一眼董事长。生怕他怪罪自己的话不合时宜，不符合身份。

众人对她露出会心一笑。她的话确实是大家都想说的，但是不敢说出来，怕董事长批评他们。

董事长出人意料地对小曹的话表示赞同："小曹说得不错。这福利嘛，本来就是奖励先进，对大家工作的认可，没有大家努力，咱们书店怎么可能在省里各项考核名列前茅？国家政策好了，我们要积极变革，这福利也应该变革。就这样决定了，大家按照上限发钱，福利从企业备用金里出。当然大家充分商议后决定。同意的举手。"

所有人举手同意。本来抱着来接受批评的刘华强不但举手同意，更是带头热烈鼓掌。

董事长压一压手掌。大家安静下来。说道："小曹，会议记录要记好。散会后就去采购吧。对了，咱们合同工也不能少。"

苏阳从车间回到宿舍，吃完饭，等夏冰过来，商议明天骑车去郊外的事，看要不要买一点零食带着路上吃。左等右等都没见到夏冰的身影，晚上九点，宿舍里所有人都回到宿舍，还是没有等到夏冰，苏阳上到三楼宿舍，看到夏冰的门紧闭着。刚好看到王晨，问了一句："看到夏冰了吗？"

王晨摇摇头，说没看见。

"呦，一日不见如隔三秋啊。"李云斜了一眼苏阳，阴阳怪气地说道。

因为那晚的事，苏阳看到李云，有点气短，任凭李云奚落，也没还嘴。刚好钱不易和舍友出来，看到苏阳，舍友热情地打了个招呼。"苏阳啊，大作家啊，咱俩换了宿舍，就没见过你上楼啊。"

苏阳冲他挥挥手，算是打了招呼。舍友和钱不易处得不错，不像苏阳和他住一起老是被奚落。

晚上十一点多，夏冰回来了。到了苏阳宿舍门口，准备敲门，门却从里面开了。看到夏冰两手提着沉重的东西，马上接了过来。问了一句："怎么这么晚？"

夏冰率先走进屋，往床上一躺："哎呀，别说了，累死我了。"

夏冰带过来一袋米，两桶十升的食用油，苏阳费劲地提进屋。"怎么这么多东西？"

"中秋福利呗。"夏冰说，"累死我了，领导动动嘴，我们跑断腿。跑断腿还不算，还要计算多少人，买多少东西，算来算去，还是买错了。这点东西是多买的，没人要，留着吧。"

不是买错，是小曹说多买点没事，分一点给司机。司机跟着跑来跑去挺辛苦的。这一多买，就剩出来了。

"米也有保质期的哈，就你那饭量，一年都吃不完。"苏阳知道夏冰为了保持身材，饭量很小，平时也很少做饭，这米和油多是给自己的。

第二天一早，苏阳借来一辆自行车。夏冰已经骑车等在路口了。看到苏阳，挥挥手："走了，看咱们看谁先到。"

县城不大，但是从此铺陈开去，却是两千多平方公里的土地。有山区、丘陵、平原区，外接庐州、六安、巢湖等区域。一条国道从省会向西延伸至湖北，从天空看去，这条国道像蜿蜒生长的藤蔓，红螺县就是藤蔓上的一个瓜。

新华书店位置极好，也是整个城关镇中心地带。梅山西路东西延伸，一边是县政府，一边是西郊。其中商业大楼林立，单位众多。节日期间，路上车多人密。

夏冰本来要和苏阳比赛谁骑车快，哪知道速度根本提不起来，处处是人。她又没有见缝插针的骑车技术，几次被苏阳从身边超越。等苏阳再一次从她身边溜过去的时候，被她一把抓住，嘟起嘴，对苏阳说："不准欺负我。"

苏阳停下，一手捏住车把，脚尖点地，回头看到夏冰气急败坏的样子，伸出手指刮了一下她的鼻子："还不服气吗？"

夏冰看着身边不断的人潮，嘟起嘴说："不怪我啊，哪知道这么多人？"

"慢慢骑，不着急。"

两人慢慢骑行，花了半个多小时，才突破梅山西路，穿过楼层缝隙，远远看到郊外的田野。有风，淡淡地荡起蓝天上的几朵浮云。

两人要去的地方是一片荷塘。县城周边，本来就是鱼米之乡，河汊密布。水田平缓，河塘如星星缀入其间。水塘多半养鱼，也有成块种藕的。这个季节，荷花凋落，荷叶暗黄，熟透的莲蓬在秋的水波里惬意地荡漾。

两人下了公路，沿着一条长满杂草的小路骑行了三四里，这里远离城市、村庄、人群，道路两边是绿绿的垂柳，眼前是成片的荷塘。停好车，找了一块沿河的空地，河堤周边的水塘因为今年雨水较少，有一些已经近乎干涸。河水浅得很，可以看见河底的泥沙。

两人停好自行车，走进草坪，坐在一棵可以遮阳的柳树下。此处寂静没有人声，秋蝉在树梢间发出慵懒的声响，蝴蝶翩跹起舞。

"那里有东西在动。"夏冰突然指着前面一处快要干涸见底的池塘说道。苏阳顺着夏冰的手指看过去，这是一处三四亩面积的池塘，只是在池塘中心低洼处有一些积水，池塘边沿已经龟裂，塘底污泥结成一块一块的，缝隙纵横，蛛网一样密布。少许积水之中，有气泡冒起，偶尔见到线状的黑影在其中搅动。

"走，过去看看，说不定是鱼。"苏阳起身说道。

"也说不定是蛇。"夏冰怕蛇，有点担心，但又有点好奇。

"没事，有我。"苏阳豪气冲天，其实他也怕蛇，只是在女孩子面前，总要有点男孩子的担当。

苏阳从柳树上扯下一根枯树枝，去掉树枝上多余枝丫，在地上杵杵，比较结实。他率先走进池塘，夏冰也跟了上来。池塘底部边沿的地比较结实，中间看着虽然干涸，脚步踩上去，大多能陷进去。

"我的鞋。"夏冰一声惊叫。原来她一不小心，双脚陷在污泥里，再拔出来的时候，鞋子已经陷在淤泥里。光脚踩下，又怕污泥里有蛇，此时，她吓得双脚乱踩，手足无措。

苏阳赶紧上前，夏冰扑到他身上。"救我。"然后双手如蛇一样缠住苏阳。

两人紧紧地拥抱在一起，慌乱过后，天地就安静了下来。不知什么时候，两双嘴唇就碰在了一起。彼此感受着唇齿间的味道，瓜熟蒂落的情愫，在这一刻，落进水里，荡起涟漪。

很久之后，又像刹那间，两唇分开，面颊火热通红。两双互相躲闪的眸子像两只受惊的小鹿，遇见又逃开，但还是不约而同地抱在一起，这一次，这个吻，绵长而热烈。

"都怪你。"夏冰嗔怪又心疼地看了苏阳一眼，脸若三月的桃红。她微微垂下眼帘，"人家都透不过气来了。"

苏阳面颊也烧得厉害，虽然这不是第一次和女孩子如此亲密地接吻，但这种颤动又火热的感觉从来没有过，心田淌过一股热流，从齿间喷涌而出，温馨又温暖，幸福又祥和。"我抱你上来。"

"还坏？！"夏冰狠狠瞪了一眼苏阳，眼光下意识地瞄了一眼苏阳胯下，那地方硬邦邦地，隔着衣服杵得自己难受。

"背我。"

苏阳乖乖弯下腰，夏冰趴在他背上。苏阳背着夏冰向池塘中心走去，到了近前，水里突然闪起一道黑色的影子，快速落下，拍得浪花四溅。

"我的头发啊。"夏冰叫道。几滴污浊的浪花溅在她的脸和发梢上，苏阳回头一看，扑哧一笑："好大的美人痣呢。"

夏冰粉拳砸在苏阳肩头："我是不是成为'钟离春'了？"

"西施都没有你好看。"

"就你嘴甜。"夏冰白了苏阳一眼，转头看向水池，"刚才那个不是蛇吧？"

"是鱼。"两人就在水洼旁边，水洼的面积不到三尺见方。几条大黑鱼正在里面扑腾，中间还有几条鲫鱼和泥鳅，被几条大鱼拍打得无处躲藏。有的已经被挤压到干涸处，挣扎扭动，还有几条肚皮朝上，显然，快要死了。

"好可怜的鱼啊！"夏冰惊叹一声。也不顾水花四溅，弯腰将躺在干涸河床上的鱼用手掌托起，轻轻放到水里。

"没用的。"苏阳说。抬头看看天，虽然是中秋，阳光依然火辣，眼前这一点点积水很快也会被晒干。

"那怎么办？"夏冰看着苏阳，满脸紧张，"总不能眼睁睁看着这些鱼死吧？"

17

"你我都在俗世的泥泞中挣扎。"多少年后，苏阳都记得那个中午，在荷塘边，看着几条鱼在污泥中挣扎、窒息的情景。

多少次，当苏阳感受到压抑，人情的冰冷时，都会觉得自己就是污泥中的鱼，甚至是被那几条大鱼从少得可怜的脏水中拍打到岸边的小鱼和泥鳅，挫败和无力的感觉油然而生。这种身不由己让他常常从梦中惊醒。如果说自己是个看客，以上帝的角度，会说，这鱼的挣扎徒劳无用，不管是少许污水中的大鱼还是被大鱼拍打到岸边的小鱼，最终的结局都是殊途同归，迟早是死。那自己呢，当鱼在污泥中挣扎时，心境又如何？是在岸上待死还是因为暂时留在水中而心存侥幸。是否也有一个"上帝"站在高处，看自己苟延残喘般地努力挣扎，就像在看一幕事不关己的沉默和冰冷？身陷污泥却不知自救还不如在大海中搏击风浪来得自在逍遥。

"我有法子。"苏阳受不了夏冰这同情心泛滥的样子，看着不远处的河流。虽然天旱，很多天没有下雨，池塘干涸，河水减少，但那边河底还是有不少水在流动，短时间内不会干掉。即使断流，也会有河湾一样的小水域让这些鱼栖息。一旦雨来，鱼儿会重新获得畅游的资格。

"真的？"夏冰忽闪着那美丽的大眼睛，看向苏阳。"救救这些鱼，要不太可怜了。"

说完已经不顾手会脏，弯腰将搁浅的小鱼捡起来轻轻放回已经形同泥浆的污水里。泥浆内的水分有限，几条大鱼见到小鱼入水，迅疾拍打，又将小鱼拍打到岸边。

　　"真坏。"夏冰这次说的是这几条大鱼。

　　夏冰几次将小鱼捡回泥浆，都被大鱼给拍打到岸边，最后，那几条小鱼奄奄一息。夏冰拿在手上都软塌塌的。

　　"再不讲理，我打死你。"夏冰捡起岸边一块硬泥巴狠狠砸向泥浆中的大鱼，大鱼受惊，拍打得更厉害，泥浆四溅，两人头发上脸上衣服上全是黄泥点。

　　"好了，你和我都成小花狗了。"苏阳打趣夏冰。

　　夏冰一拳头打在苏阳肩膀上。

　　"快点救鱼哦。要不这些小鱼全死了。"

　　苏阳不再废话，脱下自己的T恤，平铺到地上，将小鱼小心地捡起来，然后飞奔向岸边，爬上塘埂，走下河堤，找了一汪浅水，将七八条小鱼放进去，小鱼入水，飞快地游动起来，但已经有两条小鱼翻了肚皮，明显是死了。

　　苏阳又折回来，将三四条大鱼捞进T恤做的临时渔兜。"不要管这些坏蛋。"夏冰听苏阳说死了两条小鱼，气嘟嘟地说。

　　"众生平等，不能见死不救吧？"苏阳打趣，并用沾了泥浆的手指点了一点夏冰的额头。

　　"就你心善。"夏冰嘴中虽然说着气话，但还是弯下腰和苏阳一起将这几条搅动祥和的大鱼赶入网兜，然后拽住衣角，和苏阳一起将这几条大鱼放入更深的水里。大鱼入水，泛起几朵水花，畅游而去，很快就不见了身影。

　　夏冰来看几条小鱼，本来奄奄一息的小鱼入水之后，迅速恢复了过来。见到人影闪过水面，飞快地在水中游动。

"不行啊，这处水洼也快干涸了，咱们把它们放到河水多的地方去吧。"夏冰说。

苏阳答应一声，用手将阻隔水洼与水洼的泥沙挖开，两处水洼相连，几条小鱼瞬间向深水区游去。苏阳又将此处水洼与河流之间的泥沙挖开，几条小鱼乱扑腾了一会，顺利游向河流。

夏冰看到小鱼消失，若有所思："这些鱼应该不会死吧？"

"听天由命了，但是怎么说这些鱼遇到我们也是它们的福气，有足够的水够它们呼吸生活，应该不会死。天高任鸟飞，海阔凭鱼跃，这条河虽然没有大海宽，但足够这些鱼生活了。"

忙乎半天，两人都有点累。苏阳还光着膀子，夏冰接过脏T恤，弯腰洗干净，找了一块干净的鹅卵石河床，平铺开，等着太阳晒干。两个人躺在沙滩上，开始是并行平躺着。夏冰慢慢将头靠在苏阳胸膛上，苏阳用手搂住夏冰，夏冰轻微抗拒了一下，然后顺从地靠在苏阳的臂弯。

秋风暖和，让人沉醉，苏阳不知道什么时候进入了梦乡。这个梦非常破碎，他梦到自己变成鱼，鱼又变成人，梦就在不断的切换中。后来又梦到自己走在无垠的旷野上，很远很远，没有方向的时候，前面会有一个隐隐约约的身影，但永远接近不了。

夏冰先醒来，看到自己睡在苏阳的怀里，有点羞涩。夏冰右臂有些发麻，即使这样，也舍不得挪动身体。这个时候，苏阳也醒了，低下头，两人嘴唇贴在了一起。

日过中天，苏阳穿好衣服，两个人骑着车，穿过长满青草的小路，刚到大路。夏冰突然喊了一声："苏阳，你是个大坏蛋。"然后猛踩脚蹬，向通向县城的大路飞快骑去。

苏阳紧跟在后。看到夏冰的衣衫上还有不少黄泥点点，叫

148

到："夏冰，你是一个斑点猫。"

夏冰听到突然停住车，苏阳躲闪不急，两辆车撞在一起。幸亏苏阳刹车及时，没有让两辆车发生严重撞击。即使这样，夏冰也侧翻在地，苏阳赶紧下车，扶起夏冰。夏冰表情痛苦，对苏阳咬牙切齿："你才是小花猫呢，你还是小花狗。"

苏阳赶忙查看夏冰的伤势，夏冰突然骑上车，驱车飞奔。转头对苏阳喊道："你这个大坏蛋，要对我负责。"

"我为什么要对你负责？"苏阳发现夏冰刚才是装作受伤，紧跟在后。

"你欺负我了。"夏冰喊道，头发在风中飞扬。

"我没有。"

"你就欺负我了。"

"那是我把你当我女朋友了。"

"人家才不是你女朋友呢。"

"就是，就是，夏冰是我女朋友了。"

"苏阳是个大坏蛋。"

两个人吵吵嚷嚷，你喊一句，我喊一句，也不顾路人的眼光，一路飞奔，向县城飞奔而去。

苏阳刚到宿舍，就见到王晨站在书店门口。看到他和夏冰一前一后进了大院，心中狐疑。但夏冰一脸冷漠，对她的招呼没有理睬，也不敢多言。只好拦下苏阳，说道："你可回来了，你舅舅打了好几个电话，问你去哪了，大家都不知道。"

苏阳不知道舅舅这么急找自己什么事，上楼和夏冰打了一个招呼，就骑车去舅舅家。

舅舅家在一条小巷，红螺县有很多这样的小巷。远离现代化的公路，一片平房区。巷口可以栽种丝瓜、黄瓜、葡萄等藤蔓瓜果。人在其中经过，途径幽深、幽静。绕过好几条巷道，就是舅舅家的所在，推开一扇斑驳的木门，里面一个四五平方米的小院，小院中栽种着葡萄，藤蔓细密，靠近门口有一个压水井。

舅妈听到开门声，站在门口。"来了，小苏。"

苏阳听到话语中的亲切，这让他有点意外。往日自己不请自来或者舅舅通知自己来家的时候，舅妈都是冷冷淡淡的。

舅舅黄成德也从后排房子走出来，看到苏阳，亲切地叫了一声："小苏啊，今天去哪了？打了好几个电话到你们书店，都说你一早就出去了。我又不记得你呼机号码。"

苏阳这才想起来，今天出门的时候没带呼机。这几年，传呼机流行，基本上人手一个，有事没事，你呼我一下我呼你一下，也没有什么大事，但当传呼机一响的时候，还是立马四处去找电话，电话接通后对方又不在电话机边了。即使偶尔接通，对方来一句："我就是问问你在干吗。"苏阳没有什么业务要谈，也没有配传呼机的必要。身上的传呼机还是赵毅伟淘汰下来的，他要更换文字显示传呼机，就将数字传呼机淘汰给苏阳了，说："我买来二百多元，用了不到一年，给你了，五十元钱。"

苏阳不要。赵毅伟说："可以先赊着，你什么时候有钱什么时候给我。"赵毅伟是一个很赶潮流的人。在书店，他第一个有了数字传呼机，又第一个更换了文字传呼机，正在筹划换南方很流行的大哥大，据说，可以拿着边走边打电话。赵毅伟说的让苏阳什么时候有钱什么时候给，这话听听就好，等苏阳接了他淘汰的传呼机，隔了一个礼拜，就跟着苏阳后面要钱。

苏阳很少将传呼机带在身上，也就没有看到舅舅的传呼。赶紧道歉，并问舅舅找自己有什么事，现在来是不是耽误了。

"没事没事，一点不耽误。晚饭还没做好呢。你舅叫你来没别的事，就是吃晚饭。"舅妈热情地说道。

舅舅哈哈一笑，将苏阳带进他的书房。书房面积不大，五六平方米，里面堆满了书，好几本史记类的大部头。让人一进这个书屋，就知道这个书屋的主人是一个很有学问的人，唯一破坏书屋整体气氛的是，书堆中间堆放了不少瓶瓶罐罐的杂物。

"你今天和夏冰一起出去了？"舅舅开门见山地问道。

苏阳没有隐瞒。

"你对夏冰了解吗？"舅舅又问。

苏阳点点头。

舅舅说："要多了解。不要只看外表。"

苏阳点点头，没有说话。

舅妈在外面忙乎，舅舅起身给她帮忙，又被她赶了回来。"小苏难得来一次，你们爷俩都是喜欢文字的人，好好聊聊。"

舅舅又乐呵呵地回到书房，和苏阳聊了一些写作的事。当知道苏阳又在省城发表了五六篇稿子后，非常高兴，连声说："不错不错。我们有的朋友也爱好写作，但是写了一辈子，投了一辈子稿，连一块豆腐块都没有发表过呢。你还年轻，一定不能骄傲啊。"

"舅舅放心。我也是刚刚起步，需要学习的地方还很多，绝对不会骄傲，也没有骄傲的资本。"苏阳诚恳地说道。

舅舅点点头："不错，不骄不躁，你确实没让我失望。同样是外甥，你比李胜强多了。"

李胜是黄成德的外甥，也就是苏阳妈妈表哥的儿子，和苏阳一般年纪。早几年上学，可没少让母亲表哥两口子费心。逃课、打架，初中毕业就没继续上学了，就安排李胜当了兵。勉强当完两年兵回来，他父亲给他安排好几个单位，干了几天，都是半途而废。最终，还是黄成德出面，给他安排了。据说这几年也很不错，只是身体过早发福，如今二百多斤。

"哪敢跟李胜表哥比。他都已经当副股长了，我还一事无成。"苏阳赶紧说道，话语诚恳。这可不是表面谦虚，而是两人之间本来就存在着一道无法跨越的鸿沟。李胜生下来就是吃公家饭的，苏阳无论如何努力，也吃不上公家饭。

黄成德点了点头，若有所思，叹息一声。"确实，虽然说咱们现在不说出身，但有的东西是真的没法在短期内改变。咱不说这个，你最近在单位怎么样？"

苏阳简单说了说自己在单位的事，语言没有过多渲染。最后说了自己的困惑，就是征求舅舅的意见，自己要不要换一座城市，或者换一个单位。在书店自己可能再怎么努力，都很难有什么出息。

舅舅沉思了很久，点点头，又摇摇头。苏阳刚开始说的时候，他本能以为这孩子是这山望着那山高。当苏阳说出今天在鱼塘看到那几条鱼后的思考后，黄成德对苏阳有了重新认识，内心比较赞许。眼前这孩子虽然出身贫寒，但是内心还是有着很多想法，并不完全都是不切实际，而是对自己人生有着规划。

"确实，你现在遇到了天花板。不是舅舅不帮你，就是动用我所有的人情，这个困难我也没法帮你解决。如果你真想好了，我比较赞同你可以试试，毕竟你还年轻，将来的人生有很多修正的机会。"

"谢谢舅舅。等过段时间，我积攒一些东西再说。这段时间，我还是会认真工作的，不会给舅舅丢脸。"

苏阳从校园来到社会也才三四个月时间，虽然感觉自己学了不少东西，但是对社会的了解还是比较浅薄。而且自己熟悉的最大城市就是县城，外面的世界自己能否适应，还一无所知。舅舅几句话给了他不少信心。

　　舅舅问了一个问题："你要离开书店，你那个夏冰怎么办？"

　　苏阳摇摇头，他还没有想好，但是这确实是个问题。如果将来自己决定要离开书店，离开红螺县的时候，夏冰不同意，自己还有这个决心，一定要离开，去更宽广的天地吗？

　　舅妈已经做好饭，进屋喊两人吃饭。

　　小方桌上，摆着四五个菜，其中有苏阳最喜欢的红烧肉。舅妈端来饭，说："小苏啊，因为你舅舅打电话没找到你，也不知道你来不来吃饭，就没专门准备什么菜。凑合吃一下，明天就过节了。提前祝你节日快乐啊。"

　　苏阳等舅舅舅妈坐下再坐，先拿饮料敬了舅妈再敬舅舅。

　　"祝舅妈舅舅节日快乐。"

18

在舅舅家吃完饭，已经晚上九点多了。苏阳回到宿舍，掏出钥匙开门，门却没有上锁。推开门，室内没有开灯，只听到床上有细微的鼾声。

夏冰今天比较疲惫，脚上的污泥虽然用河水清洗干净了，但是身上被大鱼拍打后落了不少泥点。大白天的，她不好意思像苏阳一样脱了上衣在河里清洗，只好忍受着污泥的腥臭回到宿舍赶紧烧水洗了个澡，换了一身干净睡衣，坐在屋里无聊，就来了苏阳宿舍，左等右等他都没有回来，就在他的床上睡着了。

虽然屋里黑暗，苏阳也知道床上躺着的是夏冰。

今天的夏冰在苏阳的心中不同往日。在这之前，是同事，或者更是知己，但从今往后，她是自己的女朋友。

温暖和温馨遍布了苏阳的心田，然后顺着血管流遍全身。苏阳轻轻走到床边，凭感觉，他看到了夏冰的倩影或者温柔的睡姿。

夏冰其实醒了，但她没有动，心中期待着某种东西。

苏阳脱了鞋，轻轻地躺在夏冰旁边。手轻轻举起，但是久久没有落下。

"这个傻子。"夏冰心中有点惊慌，既期待又紧张，"不过，倒是挺可爱的。"

苏阳的手终于轻轻落在夏冰的后背。手接触的地方，一层薄薄的睡衣，丝滑温暖。夏冰感觉到手触碰的时候，身体颤抖了一下。

"你醒了？"苏阳小声问道，声音里有些紧张和颤抖。

"别，别说话。"夏冰声音一样，颤抖中带着一丝渴望。

"嗯。"苏阳的手环过夏冰的身体，触碰到女孩最柔软的地方。

"嗯。"夏冰一声轻微的惊叫。

苏阳赶紧将手拿开，却被夏冰抓住。然后，夏冰翻过身，面对面，双手如藤蔓一样，相互缠住。嘴唇也在这时候触碰到一起。

爱情，深情，悸动和青年男女的火热让夜变得飘忽不定。空气中弥漫着相濡以沫的甜，醇厚而绵长。所有的东西纠缠在一起，旋转、下沉、上升。

苏阳的手突然向下，本能一般，拒绝理智的驱使。夏冰突然发觉，苏阳的手离神秘部位只有寸许，突然清醒："不要，阳，我不敢。"

"可是？"毕竟血气方刚的年龄，前不久又经过李云的开发，初尝男女之事，此刻，浑身血液都在沸腾。

"阳，真不能。"夏冰坐起身，上衣已经脱落，只留底下的睡衣。她低头亲吻苏阳，"亲爱的，我迟早都是你的，但现在真不能。"

苏阳慢慢冷静下来，停下手。低声说了一句："对不起。"

"不怪你。其实……""我也想要"四个字她终究没好意思说出口，她怕说出来，火上浇油。此刻，最简单的一句话，稍有不慎，都会点燃苏阳这座火山。情欲一旦燃烧，将无法熄灭，最终会烧毁苏阳和自己。

夏冰在苏阳血液不再沸腾之后，穿好衣服，起身开灯，灯光下，苏阳的脸烧得通红。而夏冰自己，也是如此。

夏冰见苏阳怔怔地看向自己，眼神中有潮水退去后的印记，也有一种痴迷。夏冰白了苏阳一眼："你眼睛要是长了牙，我非被你生吞活剥了不可。"

苏阳尴尬不已，脸红心跳。夏冰扑哧一笑，略带调侃地说道："还挺猛的。"说完赶紧转移话题，"到你舅舅家去了？"

"嗯。"苏阳想起来，赶紧问道，"你吃饭没有？"

夏冰摇摇头："今天骑车太累了，不想吃了。我晚上本来就很少吃。本姑娘要保持体形。"说完，原地转了一圈，睡衣裙角飘起，露出她匀称的小腿，光洁、健康。

"不用吧。你又不胖。"苏阳要给夏冰泡一碗方便面，被夏冰拦住。夏冰靠在苏阳怀里，温声说道："这样躺躺挺好。"

李云准备明天回家，徐云鹤说好来县城接她，趁过节将双方父母聚在一起，商议一下九月底结婚的事。但临时有事，耽误了，打了一个电话到书店，让她等自己。

李云说自己可以回家。徐云鹤冷冷地命令道："我怎么说怎么做。"然后挂断电话。

往日的宿舍楼一到下班的时间还算比较热闹。有男孩女孩打打闹闹，时间晃晃就到了睡觉时间。因为放假，王晨、钱不易等都早早回家了。听说苏阳不回家，李云接到徐云鹤电话让她在县城待着的时候，她还有点期待，说不定可以和苏阳好好谈谈，毕竟自己就要结婚了，自己是他第一个女人，中间总是有好多话要说吧。或许，自己给不了苏阳什么，但是心理上、身体上应该给他一些安慰，别让他感觉自己太无情。

李云不知道别的女人怎么想的，但是作为自己不管爱不爱对方，两人之间既然有了这个关系，总是亲近了不少。如果能在结婚之前，再给他一次，他是不是会记得自己一辈子？

李云一想到，有个不是丈夫的男人心里永远装着自己，生活就多了很多乐趣和追忆。

她白天等了苏阳一天，没看到人影，却在宿舍楼见到了最不想见的人——夏冰。以前就不想见她，现在李云更不想见她，因为李云敏锐地知道，夏冰和苏阳肯定有一腿。

她刚才趴在窗户上看到苏阳回来，马上下楼走到苏阳宿舍门口，刚要敲门的时候却听到室内男女的暧昧声。

"真不要脸。"她在心里骂了一声，然后，她静静地站在门口偷听，里面的声音让她身体燥热。她甚至想："徐云鹤也不是个好东西，虽然往日他那张丑脸自己都看吐了，但是，此刻他要是在，至少能起一个男人的作用。"

李云站了很久，怕人发现，就回到宿舍楼，站在拐角处。直到晚上十二点左右，才看到穿着睡衣的夏冰回到宿舍。

"骚货。"李云心中恶狠狠地骂道，从背影都能看到她满足的样子。李云心想："没见过你这么能装的女人，人前一副高傲的模样。"

第二天，夏冰买好早餐送到宿舍，看到苏阳的黑眼圈，惊讶地问道："你昨晚在干吗？把自己弄成这样。"夏冰温柔地拿了湿毛巾，帮苏阳敷在额头上。轻声说道，"乖，赶紧吃饭，吃完饭睡一觉。好在今天又不用上班。你写东西，也不能这样熬夜。"

省道就如藤蔓，红螺县城就如藤蔓上的一个瓜。从瓜上又分出五六条细藤蔓一样的县道。省道穿过县城向西南方向蔓延至桐城、湖北边境。出县城十里左右，分出一条县道。经过春秋、幸福夹门相望的两座山，县道变得蜿蜒崎岖，地势陡峭，一直向前，就完全进入了山区。又过了几座山，豁然开朗。入眼是一排排簇拥的房子，此处有温泉，山下有人家，叫作温泉镇。

温泉镇合并了原先三四个乡镇。原先的横山乡、龙腾乡没有了，现在都叫镇了。名称换了，但是山还是那山，河还是那河。

老横山乡和龙腾乡接壤的地方有个沿河而居的小村庄。苏家紧挨河边，五间瓦房，房前一块空地，远处好多梯田、农田。

苏母烧好板栗烧公鸡，端上桌。苏父黑着脸看向村庄的小道，人来人往，但都不是苏阳。

"这狗日的，真没良心，去县城三四个月了吧，过节了都不不知道回来看看。"苏父充满怨气地骂道。

苏母没有说话。觉得父子之间好像仇人一样，你看我不顺眼，我看你就来气。心里也怨苏阳："作为儿子，你就不能跟你父亲低个头认一下错吗？四五个月的时间除了让人带回来一百多块钱，过节都不能回家？"

吃了一顿毫无趣味的中秋饭，苏父将饭碗一扔，回到房间，往床上一躺："老子辛苦一辈子把你养大，咋就这么没良心呢？老子常说养儿不如我留钱干什么，养儿超过我留钱干什么？老子现在也要学会享福，不那么死拼了。老子没钱，有钱也不给你留，让你在城里吃香喝辣的。"

苏阳有点想家，特别是到了中秋节晚上。看着天上明晃晃的月亮，就在想："我爸在干吗呢？他会想我吗？还在生我高考落榜的气吗？我妈呢？会不会做饭的时候想着我爱吃什么？今晚，家里的月饼是什么味道？姐姐和妹妹会回家陪父母一起过节吗？"

苏阳几次想上楼找夏冰，又怕见到李云。就待在屋里，渴望夏冰来找自己。往日里，夏冰这个点都会来自己屋里溜达一圈，今天却是左等不来，右等不见。

终于，苏阳看到李云和徐云鹤两人挽着手臂无比亲密地并肩下楼了，等他们身影消失在楼外马路，苏阳再也克制不住心里想见到夏冰的渴望，腾腾地往楼上跑，敲了敲夏冰的门，没人回答，一推门，门就开了。苏阳走进室内，室内弥散着淡淡的清香，却不见夏冰的身影。

坐了有半小时，透过窗户，看到月亮爬上中天，这应该是快午夜了吧？夏冰呢？

苏阳索然无趣，走回自己宿舍。今夜注定难眠，索性起来看书，看着看着，一缕晨光就透过缝隙照进了屋里，苏阳睡着了。

夏冰轻轻推开苏阳的房门，就见苏阳呆呆地坐在椅子上，看到夏冰，轻轻问了一句："你来了？"

19

夏冰看到眼前的苏阳，是那么无助甚至有点麻木，心疼到极点。她怔怔地站在门口。

但苏阳就那样坐着，两眼无神，或者眼神都给了夜空中的月亮。他整个人好像处在万里虚空中，空洞缥缈。

"你倒是说句话啊。"夏冰带着哭腔说道，"求你，求你了。你倒是说句话啊。"

"说什么？"苏阳迟缓地问道，嗓子像是被什么东西掐住，又像有锯齿在喉管间拉扯，声音艰涩。

"说什么都行。"夏冰眼泪扑簌簌地从脸上掉下。

苏阳摇摇头，他想问："你昨晚去哪了？"但是，苏阳张开口，像缺水的鱼那样，嘴唇嚅动着，却发不出任何声音。

夏冰扑到苏阳怀里，明显感觉到苏阳身体发出的抗拒和抵触。但是，最终，苏阳还是用手环住夏冰的身体，并在她颤动的肩膀上拍了拍，艰难地吐出几个字："慢慢都会好的"。

中秋节过后，日子又变得无味起来。

苏阳每天走进车间，就感觉自己和那台胶印机一样，按照指令和任务运转。夏冰好几天没看到苏阳了。不知道他是有意躲避自己还是工作真忙，每天天不亮，他就离开房间，很晚，才回来。回来后也不说话，见到自己给他拿去换洗的衣服，只是礼貌地说一句谢谢，然后相对无言。

夏冰感觉到苏阳内心的痛苦。如果当初不来书店，在这如花的青春里，可以放心大胆地谈一场轰轰烈烈的恋爱，和自己喜欢的人。

苏阳下意识地躲避夏冰。

当然，厂里是真忙。大战一百天，还剩最后一二十天，任务堆压如山。厂长亲自下车间，催印刷速度，催装订速度，催所有的流程。三个班长也被厂长带动，四五双眼睛如探照灯一般在全厂每个角落扫视。哪一个环节稍微耽搁了一下，都会受到严厉的批评。苏阳不敢耽搁，书籍印刷，对联印刷，现在又加上日历封面印刷。

即使吊儿郎当的赵毅伟这段时间也不敢放松，准点上班，准点下班。苏阳却不可以按时上下班，必须提前到，调试好机器，又要晚结束，擦拭好机器。当然，厂里没有加班这一说的，即使有，也不是苏阳这样的合同工可以享受的福利。

赵红芳被钱不易挖走了，罗小妹还跟着苏阳，又新来了一个临时工女孩。罗小妹一如既往地自恋，好在这段时间不黏苏阳了。如果这个时候，罗小妹再一口一个苏哥哥，苏阳能心烦死。

苏阳改日就知道到罗小妹不黏自己的原因，下班时候已经很晚了，苏阳担心女孩一个人穿过二环路的灌木丛有危险，善意地问了一句："要不要我送你到马路上？"

罗小妹撇撇嘴，嘟囔一句："让你送的时候不送，现在想送本小姐没机会了。"转身快走几步上了前面一个胖子的自行车后座，苏阳定眼一看，竟然是二胖。

二胖看到苏阳，挥挥手："兄弟，俺先走了。"罗小妹得意地朝苏阳挥挥手。

他俩走到一起了？苏阳觉得有点不可思议，但是瞬间释然。郎有情妾有意，有什么不可以呢。至于相貌、体形、出身、品格，在年轻人眼中应该都不算什么吧。最重要的是相互看上眼，觉得合适，就是真爱。

　　苏阳拍拍自己脑袋："我应该早就看出来二胖喜欢罗小妹了啊，那天在秦乐怡婚礼上，为了罗小妹，二胖大打出手，又主动邀请罗小妹跳舞。二胖看罗小妹的眼神，就充满溺爱，当时还以为二胖和罗明刚是好兄弟，这种溺爱是哥哥看妹妹的眼神呢，现在才明白，这是情郎看情妹的眼神。"

　　就在苏阳愣神的刹那，一辆自行车从他身边飞驰而过。骑车的是钱不易，坐在他身后的是赵红芳。赵红芳双手环住钱不易的腰，钱不易神采飞扬，看到苏阳，更是志得意满。很明显，这是一个胜利者看失败者的眼神。

　　"老牛吃嫩草，不要脸的东西。"苏阳心中生恶，倒不是因为钱不易自认为的他从苏阳手中抢走的赵红芳。虽然那段时间，帮他家干活，赵母有意无意地要把自己女儿和苏阳凑合到一起。但苏阳从来没有喜欢过赵红芳，也没有任何亲密话语。苏阳反感的是赵父赵母为了得一个免费的劳工，要自己女儿去套近乎。更不喜欢钱不易这个样子，明明在家有订过婚的未婚妻，还在外面变着花地玩。

　　"嘿，干什么呢，傻站着，没看清，还以为是一根树桩呢。"罗明刚从后面骑车过来，到了苏阳跟前，停下车，屁股坐在车座上，脚尖点地，一巴掌拍在苏阳肩膀上。

　　苏阳回头，不满地说道："你能不能轻点？"

　　"又不是娘们。"罗明刚翻了一个白眼。掏出烟递给苏阳一支，自己点燃。

"看到别人成双成对？感觉到寂寞了啊？"罗明刚打趣道。

"是你寂寞吧。"苏阳反击道。

罗明刚耸耸肩。"走，上车，咱哥俩喝酒去。"

"你请客？"苏阳正愁没地方去，有罗明刚请客，当然是好事。

两个人就近找了一个路边摊。有酒水、卤菜。随便要了几个小菜，一人要了三瓶啤酒，开始开喝。

罗明刚话不多，苏阳话也不多，两个人凑到一起，也没有多余的话，各自拧开瓶盖，先还是客气地"走一个""行，走一个"，喝到后来，相互也不招呼各自喝自己的。

罗明刚喜欢喝酒却不胜酒力，两瓶啤酒下肚，就醉眼蒙眬。看向苏阳："真没劲啊，别人都成双成对的，就咱俩光棍喝酒。"

"你那个什么青怎么样了？"苏阳明知故问。

"他妈的就是个婊子。"罗明刚没有细说，虽然说男女之间应该好合好散，分开就不要有恶言，但罗明刚和赵红青就没有合过，一直是罗明刚的一厢情愿。

可怕的是赵红青明明不喜欢罗明刚，却恰恰要搞一点暧昧，就像罗明刚钓鱼一样，挑逗你的饵却不吃你的钩。罗明刚曾经为此癫狂，直到赵红青在罗明刚面前和别的男人卿卿我我，罗明刚才慢慢醒悟。

"你的那个冰呢？"罗明刚借着酒意问道。

苏阳一下子清醒过来，看向罗明刚，如果说书店内有一件事还没有人不知道，只要去问罗明刚就行。他是一个后知后觉的人，更多是关注他的切纸机、香烟、啤酒以及钓鱼。

苏阳自以为自己和夏冰的关系只有少数人知道，比如八卦的李云，爱打听的钱不易，现在连罗明刚都知道自己和夏冰的事，那书店就没有人不知道了。

爱本来就是光明磊落的事。苏阳不怕人知道自己恋爱了，甚至有时候希望全天下人都知道自己在恋爱，让大家与自己共享欢喜。只是，说到夏冰，苏阳有点犹豫了。

苏阳回到宿舍，犹豫地掏出钥匙，他内心有期待，希望夏冰在里面，如往常一样看自己，亲切地喊一句："回来了啊？茶泡好了。"就像热恋的人，又像新婚的媳妇。但是现在，他又害怕，夏冰在屋里。

钥匙转动锁孔，声音暗哑，这让苏阳失望。锁在锁着，证明夏冰不在，同时，这也是解脱。

夏冰很久没有见到苏阳了。好像很久很久，几个世纪的样子。从八月十五到八月二十，这都五天了吧。

"真的是故意躲我？"夏冰问自己，是不是该主动去找他？但是找他又说什么呢？夏冰看着镜中的自己，眼皮有点发肿，头发也很长时间没有打理了。

忙碌却不充实的日子，只能用度日如年来形容。苏阳每天早起，每天晚归。卢班长看到苏阳，笑着说道："苏阳，你是想争取年度先进啊？"

"年度先进有什么奖励？"苏阳问，知道卢班长是在打趣自己这段时间工作积极。

"啊，这个得问厂长。"卢班长哈哈笑着说道，"小伙子不错，早就应该这样努力了。"又看到身边的周班长，说道，"对了，去年的厂先进。小苏，你问问周班长得到了什么奖励。"

"一个电饭锅。"周班长不满地说道，"妈的，我爬山涉水，起早摸黑，连老婆都冷落了，干了一年，评了一个先进，年底就奖励了一个电饭锅。"

苏阳"哦"了一声。自己工作努力纯粹是打发时间和心中的苦闷，倒没想到去拼什么先进，何况这先进就奖励一个电饭锅，书店也太抠了吧。周班长却说："咱呀是合同工，人家奖励一万块钱，加一次省城旅游呢。什么三孝口、四牌楼，可以逛好几天。"

"我们大集体可没那么多，据说去年是三千块吧，外加一套杉杉西服。"卢班长补充道，"不知道今年怎么样。"

"老卢，咱商议一下。今年厂里先进给你，我不争。但是这奖励啊，分我一半，行不行？"老周建议。

"可以啊，外加一顿酒。"卢班长当然同意。厂里一年两个先进，员工一个，管理层一个。老周不争，自己的希望就有百分之九十。分老周一半，自己还落好几千呢，重点是一份名誉啊。

苏阳羡慕地看着两个人，几句话，就落实了年底好几千元的奖励。老卢拍拍苏阳的肩膀："喝酒带你一个啊。"

"分配奖金可以带我一个吗？"苏阳问。

"人心不足。"老周瞥一眼苏阳。

"想得美。"老卢瞪了一眼苏阳。

苏阳哈哈一笑。

农历九月，天气开始转凉。今年的夏天啊，特别热特别热，热得知了在树梢都不敢乱叫，热得行人在路上如急行的蚂蚁，热得人内心烦躁。直到寒露来临，天气才有了一丝凉意。

寒露时节分为三候："一候鸿雁来宾；二候雀入大水为蛤；三候菊始黄华。"

有十五天没见了吧，真是个没良心的东西，夏冰满眼幽怨地堵住天未亮就要出门的苏阳，看他还只穿一件短衫，没好气地说："都深秋了，早上温度七摄氏度，你就不知道穿一件长衣服？"

苏阳乍然看到夏冰，脸颊清瘦，紧张地问道："你怎么瘦成这样？生病了？"

"病死你也不会管。"夏冰幽怨地看了苏阳一眼。将他堵回屋里，然后去翻找箱子，给苏阳找了一件长袖衬衣，要他换上。

突然，夏冰被一双手臂死死抱住。苏阳低下头，寻找她的嘴唇，夏冰躲闪，最终，放弃抵抗，任苏阳肆意亲吻。

豆大的泪珠从夏冰脸颊滚落。"你干吗去了，你不要我了？"

苏阳摇头。将女孩紧紧搂在怀里："以后再也不离开你了。"

这是苏阳很久以来第一次迟到。

在车间门口遇到卢班长，他上下打量苏阳，眼神奇怪："你小子不是因为得不到先进，就故意迟到吧？"

"你是我肚子里蛔虫啊，我想什么你都知道了。"苏阳心情不错。

"要不，分你一点奖金？"卢班长问。

"说话算话？"

"做梦。"卢班长看到苏阳上套，大笑。

"我就知道你没这么好心。"苏阳白了一眼，"但是不准给我记迟到啊。"厂里有个不成文的规定，早到迟退没奖励，但是迟到早退有处罚，记录权在几个班长手里。

"那你怎么感谢我啊？"卢班长像是抓到苏阳的七寸。准备小小敲诈一下。

"不打小报告啊。"苏阳无所谓，反而要挟起卢班长。

卢班长抬起腿作势要踢苏阳，苏阳早已经走远了，回头朝他说一句："你这大长腿，要是长在女人身上还不错，就是瘦了点，黑了点，像芦柴棒。"气得卢班长在后面嗷嗷乱叫，苏阳却早已经不知去向。

苏阳并没有走远，刚到前面仓库拐角，就被一个女孩拦住了，瞅了半天，才认出来是装订车间的临时工胡园园。

要说这么多临时工，除了罗小妹、赵红芳，有点瓜葛的就是这个胡园园了。不是因为胡园园在这些临时工中间长得颇有姿色，身型不错，而是那一次和黄清吵架，就是初入社会毫无社会经验的苏阳被表面现象迷惑，看到胡园园被黄清训得梨花带雨，自己强出头给她打抱不平，不但让黄清不高兴，还落了个笑话，说苏阳癞蛤蟆想吃天鹅肉，看上胡园园了。

"你找我有事？"苏阳看着满脸梨花带雨的胡园园不解地问道。

胡园园幽怨地看了一眼苏阳，见他表情自然，并没有在他眼神中看到对自己的爱恋，有点失望。

"我……"她哭了，声音很大。

苏阳吓得后退一步，同时赶紧朝四周看看。可别又被人家误会了，说自己欺负女孩，将女孩弄哭了。

这几个月，苏阳与女孩打了不少交道，有通情达理知书达理的，也有混不吝的，还有蹭的、碰瓷的，一旦被有心人缠住那可是跳到黄河都洗不清了。还好，周边没人，四野空旷，即使想干坏事，也不会选择这个环境。

胡园园上前一步，苏阳退后一步，并伸出手低声喝道："你到底想干吗？"

胡园园"扑通"一声跪到地上，这更吓了苏阳一跳。厉声喝道："你再不说，我走了啊。"

20

"苏阳，你帮帮我，现在只能你帮我了。"胡园园满脸期盼地说道，声泪俱下。

"到底什么事，你说吧。"苏阳不知道胡园园遇到了什么事，也不相信自己有这个能力能帮她。

"沈晓光杀人了。"胡园园说出一个劲爆消息，如一个炸弹一样在苏阳耳边炸响。苏阳闻言惊退一步，怔怔地看着胡园园。

胡园园连哭带说，讲述了事情的经过。事情就发生在昨晚的红狐舞厅。红狐舞厅是秦乐怡家的舞厅，老板是比秦乐怡大十多岁的离婚男人周小光，绰号光头，秦乐怡是老板娘。

"正经人谁来舞厅？"这是大家的共识。所以整日流连在舞厅的多是闲散人群以及内心有艳遇渴望的人。这些三教九流的人聚在一起，打架斗殴是家常便饭。

舞厅为了能够正常经营，都会请一帮人看场子。周小光本身就是混混出身，手下有一帮小弟，倒是省了请人。舞厅一开，直接叫来自己最得力手下黄毛，也就是沈晓光。

沈晓光本来就不是一个省油的灯。现在有周小光撑腰，又是自家场子，行事起来更加有恃无恐。本来不需要靠打架解决的小摩擦，沈晓光上手就打，稍微大一点的矛盾，不想着大事化小而是火上浇油。红狐舞厅很快在县城出了名，就是你只要在红狐舞厅消费金额高，就不会有事，更不会受到欺负。反而是那些爱到舞厅找事的闲散人员都视红狐舞厅为龙潭，轻易不敢来骚扰。

红狐舞厅生意火爆，周小光得意非凡，人前人后都觉得自己是一个成功企业家。秦乐怡曾经提醒过："咱们能不能遇事尽量和平解决，动不动就打架，早迟会出事的。"

周小光瞪了她一眼。怒喝："妇人之见目光短浅，舞厅是个什么地方？是说理的地方吗？在这地方拳头就是道理，谁的拳头硬谁说话算话。按照你说的，咱舞厅早就黄了。你看，现在谁敢到我们舞厅闹事。"

秦乐怡早已领教过周小光的脾气。结婚之后，也知道了周小光前两任老婆都是被他打跑的。秦乐怡和周小光结婚当天，就见到周小光在众目睽睽之下怒扇自己残疾哥哥耳光。事后娘家人说："这人脾气暴躁，你可得注意点"。

秦乐怡依仗两人新婚宴尔劝解几句，当时就被扇了几个嘴巴，周小光还骂骂咧咧："妈了个巴子的，敢管老子的事。老子警告你，以后老子的事，你娘们少插嘴。"

周小光习惯了打老婆。在他这类人的想法里：女人不是你疼她她才会爱你，而是需要修理、调教。

秦乐怡对婚后所有美好的期望被这几耳光扇碎。想过离婚，但怕周小光由爱生恨，不但伤害自己还要伤害自己家人。秦乐怡不离婚还有另外一个原因，"面子"。都知道自己嫁给一个有钱人，成了阔太太，现在阔太太没当几天就离婚了，那不成了整个书店的笑话？难道再回书店去看夏冰的脸色？去让苏阳看自己的笑话？

还有一件事让秦乐怡整天担惊受怕，就是舞厅内好像有不好的东西在贩卖。酒水和香烟是假的，这个正。秦乐怡不怕这个，查到顶多罚点款，至多关门闭店整改。但周小光说了："自己有关系，你没看几个大腹便便的男人经常来舞厅吗？"

秦乐怡不满意地问："我可是你老婆，你舍得我让他们摸摸捏捏揩油？"

周小光一撇嘴。"妈的，老子看的是钱，不是你这娘们。只要不上床，摸摸算个球？你特么懂吗？我一条烟十倍的利润，一瓶酒五倍的利润。一天上万的营业额，不把他们服侍好，我多大的损失？"

秦乐怡不敢说话，对于售卖假酒假烟睁一只眼闭一只眼。就像周小光说的，这舞厅一天可是一万多的营业额啊，自己乐得数钱就行。

让秦乐怡担惊受怕的是周小光觉得这假烟假酒利润虽高，但还不能满足自己一夜暴富的心理。他开始在舞厅贩毒，先还是小打小闹，只在非常熟悉的人中贩卖，现在差不多明目张胆了。

红狐舞厅生意这么好，不仅是黄毛等人镇住场子，让那些游手好闲的人不敢来捣乱这一个原因，而且大家都知道红狐舞厅有了不得的东西，含在酒水中，混在香烟中，让人仙仙欲死。抽吸这些违禁品获得的快感在别的舞厅是没有的。红狐舞厅成为喜欢舞厅和夜生活人以及寻找刺激的人趋之若鹜的神仙地方。

周小光开始大把大把数银子，秦乐怡却担心不已，以她有限的法律常识，知道这些东西一旦被查不得了。但她不敢提醒周小光，不但没用，还会遭一顿毒打。

毕竟红螺县就这么大，喜欢混舞厅的人数有限。此消彼长，红狐舞厅生意火爆，其余的舞厅生意就惨淡。作为县城舞厅的闯入者红狐本来就招同行嫉恨，如今抢了同行生意，同行更是使用各种手段，比如找流氓闹事，向有关部门举报，这两招都不太管用，小流氓也不是黄毛等人的对手。

周小光愈加猖狂，手下也是有样学样，黄毛等人打完架后还会得到周小光封赏。

昨晚，沈晓光遇到狠茬子，一看就是来舞厅闹事的。沈晓光报告给周小光，周小光骂了一句："妈了个巴子，老子养你们，是废物啊，几个小流氓还来找我"。

"老大，这几个人面生，我肯定他们不是本地人。"沈晓光嗫嚅着说道。

"外地人多长一个屁啊？都说强龙不压地头蛇呢。管他是本地的还是外地的，到了老子这儿，是龙得给我盘着，是虎得给我窝着。你们没长手啊，手上没家伙啊。都给我听着，动起手来给我往死里打，老子看你们谁他妈不出力，老子就收拾你们。"

沈晓光得到指示，出了门就动起手来。哪知道这几个人身手了得，又是有备而来，沈晓光领着一群黄毛，虽然人多，但赤手空拳不是他们对手。情急之下，沈晓光抄起身前一块装修拆下来的厚木板朝最近的一个人砸去。对方看是木板，也没当一回事，拿脑袋来顶。哪知道木板上有一根粗粗的铁钉，那人一声惨叫，栽倒在地。

沈晓光还没感觉，扯起木板准备再打，感觉不妙，对方也感觉不妙，有人上前查看，那人头上汩汩流出的鲜血瞬间变成黑色。

有人立即喊道："打死人了，打死人了。"

这人真被沈晓光打死了。沈晓光第一时间不是想法子救人，而是跑到周小光办公室。周小光怒火中升，就要开骂，沈晓光颤颤巍巍、断断续续地说道："老大，我打死人了。"

周小光瞬间清醒，他是老混子。知道打架斗殴罪不至死，但是，一旦打死人，后果可就严重了，何况对方还是外地人。他吓得一哆嗦，指着沈晓光骂道："你他妈有病啊，打死人？"

"老大，你让我往死里打的。"沈晓光急赤白脸地辩解。

"老子啥时候让你打死人了？老子没说过，老子不认识你，你走，别拖累老子。"周小光也慌得不行。

他整日自称自己是混社会的，道上人都让他三分，但让他打死人，他还真不敢。至于让沈晓光他们打人往死里打，那不就是嘴上过过瘾，显得自己心狠手辣而已，哪知道这小子真敢把人打死。

"老大，那你说怎么办啊。我可是你小弟啊。"沈晓光脑子本来一片麻木，现在清醒了点，也知道打死人的后果。

周小光知道这事躲不了，怎么说自己不认识沈晓光，也搪塞不过去。而且，沈晓光跟着自己干了很多坏事，自己也得遭殃，那这一大片家业不都成了秦乐怡那娘们的了吗？

不行，得想个法子。周小光眼珠一转，从抽屉里拿出三千元钱，扔给沈晓光。"赶紧拿钱跑路，越远越好，一旦被抓住，肯定是死罪。"

沈晓光也知道打死人的后果，找周小光就是要拿钱跑路的，但是一看就三千元，立马把脸拉了下来。"老大。"语气中已经没有了尊重，有的只是怨恨，"我沈晓光也跟着你七八年了，鞍前马后，什么脏活累活都是我做。现在出了事，你就拿三千块钱，你打发叫花子啊。"

周小光脸一沉，喝道："你威胁老子啊，你信不信，老子现在就弄死你，为民除害，替天行道。"

沈晓光冷冷一笑。这个时候他再也不怕这个老大了。"三万块，少一分钱不行，给我三万块，我马上跑路，以后与你毫无瓜葛。"

"就是逮住了也不会咬我？"周小光一听三万块，数目不是很多。如果沈晓光守口如瓶，倒是也值。只是周小光爱钱爱得要命，拿三万块出来还真舍不得，摸索半天掏出来一万多块钱，好言好语地说道："兄弟，咱真是没钱，你也知道舞厅的钱都在你嫂子那里。你先拿这么多，先跑路，等我攒了钱，再给你。"

沈晓光听到警笛声响，不敢再耽搁，留下一句："姓周的，你够狠。"然后打开窗户，跳下窗户跑了。

沈晓光并没有直接往省道上跑。而是跑到胡园园家里，不由分说将胡园园在她父母眼皮底下拉走。然后找了一个暗处，风风火火地干完事，才和胡园园说自己打死人了，要跑路，让胡园园将所有的钱都给自己，并要胡园园关键时候给自己找律师脱罪。

胡园园这么多年靠打零工生活，身上一共才攒了一千多块，被沈晓光一把夺去，责骂了几句。临走之前，沈晓光恶狠狠地警告胡园园："你特么给我老实一点，不准和别的男人鬼混。一旦让我知道，我肯定回来杀了你。另外，你必须给我找最好的律师，否则，老子也把你和我一起干的丑事供出来。"

胡园园一个女孩子家，虽然平时也自称混社会的，但毕竟社会经验不足，见识浅薄，哪里经历过这种事，吓得六神无主。

沈晓光将胡园园身上所有的钱财"洗劫"一空，也没有得到自己预想的跑路资金，骂骂咧咧，威胁完胡园园之后，不敢停留，生怕迟走一步。看着沈晓光的背影消失在黑暗之中，胡园园后来在父母的呼叫中恍惚地走回家。

当夜，警察就找到胡园园家。胡园园咬牙坚持，但在警察的严厉批评中，还是承认沈晓光来找过她，至于现在去哪了，她也不知道。警察严厉警告："一旦有罪犯的信息，必须第一时间报警，否则以窝藏罪处理。"

胡园园父母是老实人，在县城生活，属于边缘人员。这个女儿让他们操碎了心，现在又摊上这事，气得嘴唇乱颤，想要骂，又不知道如何开口。

胡园园度过了难眠的一晚。想起沈晓光说要帮他找好律师，她也不知道哪里有好律师。再说，自己哪有钱找律师啊。就想到苏阳，在她印象中，苏阳能写东西，肯定也懂法律。而且苏阳热心、简单、单纯，自己上次和黄清发生矛盾，他第一个站出来帮自己。这一次，一定要求他免费出力。

苏阳听完事情经过，看了胡园园几眼。"我不懂法律，这件事我没法帮你。"

"苏阳，你不能这么无情啊。"胡园园幽怨地看着苏阳。苏阳听得莫名其妙，奇怪地看向胡园园，就见她一脸幽怨地看着自己。这种眼神很熟悉，就像电视剧里面女子向情人索取东西被拒绝后的神情。

"你不帮我，谁帮我。"胡园园补充说道。

苏阳实在待不下去了，转身要走。罗明刚却刚好赶了过来，好像他就在暗处一直关注着这里，这个时候跑了过来，一把搂住苏阳的肩膀，说："兄弟，能帮就帮一把吧。"

"你倒是说得轻松。有本事你帮啊，我帮不了，我也不懂法律。"苏阳没好气地甩开罗明刚双手。

胡园园看到罗明刚过来，冷淡地看了他一眼。对于罗明刚帮助自己央求苏阳，她并没有感激，反而觉得这个人真烦，没看到自己找苏阳有事吗？

胡园园转身走了，罗明刚怔怔地看着胡园园的身影："真是美女啊，可惜遇人不淑，摊上了这个事。"

苏阳终于正眼看向罗明刚。他这个神情，什么意思？怎么有点喜欢胡园园的感觉。

"你喜欢她？"和罗明刚之间说话可以干脆直接，没有必要转弯抹角。

罗明刚下意识地点点头，又立即否认。

这点小心思瞒不过对他比较了解的苏阳。苏阳也懒得在这件事上和他较真，毕竟与自己毫无关系。就是对罗明刚的择偶观很是不解，罗明刚是一个老实本分的人，往日里除了喝酒咋咋呼呼，更多的时候比较闷、内向。他这样的人按理说应该也要找一个老实本分的人，却偏不。这几个月，苏阳亲眼看他追求贪玩、虚荣的赵红青，结果他终于认清事实。这才几天，伤疤还没好吧，又喜欢上有过之而无不及的胡园园，这种女人是他能驾驭的吗？

"你要是喜欢她，也未尝不可，但不是这个时候。"苏阳看不得罗明刚失魂落魄的样子，说道。

"哥们，你有法子帮她？"罗明刚赶紧给苏阳敬烟。

"她，我帮不了。谁沾谁自找倒霉。我可没能力掺和这事，我建议你也别掺和。你既然喜欢胡园园，现在就行动起来吧，她现在是最需要关心呵护的。"

"可她不理我啊。要不，哥们，你帮我写一份情书，这是你擅长的啊。"罗明刚眼巴巴地看着苏阳。

"都什么年代了，还写情书，多老土啊。直接行动啊，就是别用力太猛，要做到'随风潜入夜，润物细无声'，慢慢感化，

这胡园园还不早迟是你的吗？只是，兄弟，我觉得你和胡园园
不合适。"

"男人和女人嘛，有什么天生合适不合适的。只要喜欢，看
上眼，就是合适的。"罗明刚信心满满地说道。

21

沈晓光打死人的事很快就在社会上传开。因为和新华书店系统内的人员有千丝万缕的关系，这件事成为大家茶余饭后的谈资。

胡园园依然上班，形单影只，常常躲在角落流泪。罗明刚为了避嫌，只在远处偷偷地看着。后来小心翼翼，在胡园园流泪的时候送去一张纸巾，等大家习惯之后，他就明目张胆地对胡园园展开追求了。虽然，苏阳并不看好他们，但让苏阳等人大跌眼镜的是，一个礼拜后，罗明刚和胡园园就走到了一起。胡园园脸上的忧愁也是一扫而光，出现了欢声笑语。

苏阳接到舅舅的电话。舅舅在广播台里给他下达了一个任务，深度采写红狐舞厅事件，为了把报道写得有深度，这个任务不是直接给苏阳的，而是让他给省台的一个编辑做助手。

省台编辑姓孙名倩，三十岁不到，穿着简约大方，一看就是大城市的气质美女。不知道是生性冷淡，还是对县台给她找来一个临时工有意见，见到苏阳，用居高临下的眼光扫了一眼，转身就和黄成德说话："黄台长，这是一次群体斗殴事件，还死了个人，性质严重，我怀疑这背后有势力参与。省台对这件事很重视，要我来深挖事情的起因以及处理过程和结果。我们做新闻的要找到问题的症结所在，所以，我需要得到你们的支持。"

"肯定支持。"黄成德说。

"可是？"孙倩看看苏阳。心想："你的支持就是给我一个临时工做助手？"

"扫除黑暗势力，还百姓一个安宁社会。"苏阳看看黄成德，又看看孙倩，说，"听说凶手已经归案，相关人员正在调查。我们是不是先从凶手这里下手？"

"你能见到凶手？"孙倩问。

苏阳摇摇头。看到孙倩轻视的眼神，内心起了争强好胜的心："咱们可以从外围下手，比如凶手身边的人。我还听说红狐的老板周小光如今就在拘留所，咱们也可以挖一些资料。红狐舞厅虽然关停，但是咱们也可以去深度挖掘一下。"

"说得容易。这些人我都找过，但我看你们这地方好像很排斥我们采访。"孙倩不满地说道。

苏阳笑笑，没有说话。先听从舅舅的安排，将孙倩带到县城较好的宾馆，帮她办理了入住手续。当然这个费用由县台报销。

苏阳将行李放到房间，客气地问了一句："孙老师，要不要我带你出去品尝品尝红螺美食？"

"你们称呼对方不会用'您'吗？"孙倩家在庐州，在京城上的大学，说话习惯用您而不是用你。

苏阳愣了一下，小城礼节虽多，但是不管称呼长者还是平辈，都是你你的，与"您"相比，确实少了很多东西。

"不好意思。"苏阳诚恳地接受孙倩批评。然后说话变得小心翼翼，"您看您还需要我做些什么？"

"学得挺快啊。"孙倩笑了一下。朝苏阳摆摆手，"你先忙去吧，有事我会叫你。你呼机号黄台长给我了。"

苏阳回到宿舍，夏冰已经在宿舍做好饭，等着他回来一起吃饭。"厂里又忙起来了？"夏冰问。

　　苏阳有点惭愧，知道夏冰这几天一下班就来自己宿舍给自己洗衣服，做饭，饭做好了还等自己回来一起吃饭。今天因为接待孙倩，回来晚了。现在都晚上九点了，自己回来迟了应该早点和她说啊，害她这么晚还饿肚子。

　　"真是对不起啊，夏冰。临时有点事回来晚了，让您等这么久。"苏阳赶紧和夏冰道歉。

　　夏冰听到苏阳对自己的称呼加了一个"您"字。奇怪地看了他一眼，倒是没有责怪苏阳。

　　"刚好我要减肥，也不想吃。你吃了没？要是吃了，我把饭放到办公室冰箱，别坏了。"

　　"你也不胖。减什么肥啊。"夏冰和所有女孩一样，习惯把减肥挂在嘴上，其实她一点也不胖。

　　夏冰转了一圈，嘟起嘴说："你就骗我，看我这腰好像又胖了一圈，再不注意，身上就多两个游泳圈了。"

　　苏阳在她腰上轻轻捏了一下。夏冰嘤咛一声，脸上泛起红晕，倚在苏阳怀里。

　　当夏冰知道苏阳这几天事情较多，陪自己时间有限后，虽然有点失落，但还是很支持苏阳："男人就应该以事业为重，这是证明你能力的一个好机会。我会照顾好自己，你要是有什么需要，一定要说，我会尽我所能帮你。厂里要是不好请假，我找一下你们厂长，这一点面子，他应该会给的。"

　　苏阳表示感谢，并趁机在夏冰额头上亲了一下，夏冰促狭地触碰苏阳的敏感部位，惹得苏阳心火蹿起，就要做一些动作，却被夏冰拦住。她咬住苏阳耳朵说道："坏蛋，迟早都是你的。

不准心急。"

厂里对苏阳能够参与省广播台新闻采写，也是给了很大支持。给苏阳放了一周带薪假，这在以前是从来没有过的。吴谦特意给常乾明交代："这是苏阳个人荣誉，也是书店荣誉，厂里要支持。"

常乾明不但给苏阳批了一个礼拜带薪假，还给他批了五百元经费，并给他报销了一个文字传呼机。

没有工作的束缚，苏阳全身心投入采访当中。

孙倩看苏阳起早贪黑，跟着自己忙前忙后，对他的印象改变了不少。空当时间，也会跟他说一些采访的经验和注意事项，比如新闻的及时性和敏感性，但更重要的是注重深度和敏感性。

就拿这一次采访来说，打架死人事件是表象，深层次是治安问题。只有彻底铲除掉黑恶势力，还社会和谐，才能有利于发展经济，有助于改革开放，提高社会生产力。

苏阳文字功底不错，但缺少系统性学习。黄成德作为老新闻人，偶尔也会和苏阳说一些写作要点，但是没有孙倩这样高屋建瓴。

孙倩看到苏阳谦虚好学，也手把手教他。

孙倩虽然通过各种关系想当面采访沈晓光，但还是没被批准。退而求其次，想去采访沈晓光的同伙，特别是周小光，也没有得到允许。

苏阳说："拘留所我有办法进去，不用向正规渠道申请。可以通过个人关系。"

这是俩人第三次来，孙倩被连续拒绝，都有点垂头丧气了。苏阳说："我要是想法子，也能把您带进去，但里面龙蛇混杂，您一个女孩可能不太方便，而且里面也没法正规采访。"

孙倩看了看苏阳："这样行吗？"

苏阳点头，转身进了值班室，里面恰好是认识的民警小齐，说明来意，小齐面露难色。问苏阳："你表叔知道吗？"小齐是拘留所民警，所长是苏阳的表叔。苏阳参加高考的时候，准备住在表叔家，因为表叔家房子也不宽，表叔就将苏阳安排住在这个值班室。值班室有沙发，晚上当床。

"齐哥，我没正式说，但我表叔知道。"苏阳说的不是假话，孙倩几次通过官方申请都没有得到审批，苏阳表叔也没有法子。

苏阳表叔是知道苏阳这段时间协助省台记者采访。

齐警官犹豫了一下，看看窗外的孙倩，答应苏阳。但是只允许苏阳进去十分钟，能采访到什么程度，就看苏阳的水平了。苏阳将孙倩请到值班室，跟着齐警官进了拘留所，并要了一个角落地方，采访时可以避开其他视线。

周小光没想到会在这个地方见到苏阳，眼中充满审视和不甘。

苏阳没有说话，从口袋里掏出香烟，自己点燃一支，然后将剩下的大半盒香烟递给周小光。

周小光已经五六天没闻到烟味了，此刻，顾不得太多，一把夺过香烟，点燃一支深深吸了一口，然后将大半盒香烟装进自己口袋。

"说吧，你找我什么事？反正老子都这样了，也不怕你笑话。不过说真话，别说老子罪不至死，就是明天崩了我，老子也值了。"

苏阳笑笑，没有说话，示意周小光先抽烟。

周小光也懒得理他，抽完一支，立即接上一支。时间过去五分钟，苏阳问："抽好了吗？抽好了随便聊聊。别的不敢答应，在所里，我保证你有烟抽。"

周小光不敢相信苏阳有这能量，但事实摆在面前。自己进来很多次了，没有过这种待遇，可以躲在角落里吞云吐雾。

苏阳说明来意，周小光犹豫了一下，然后看看苏阳，说："说出来对我有什么好处？"

"你不说对你有什么好处？你进来了，红狐舞厅还在，你觉得秦乐怡一个人能对付那些人吗？"苏阳问。

孙倩说了这次采访，不单是为了沈晓光打死人这一事件，而是深挖黑恶势力。

周小光狠狠抽了一口烟，吐掉最后的烟头。

"妈的，虽然老子对你这小子没有好感，但就如你说的，凭什么老子一个人进去了，他们在外面吃香喝辣。"然后竹筒倒豆子，将自己知道的县城内盘根错节的小帮小派乌七八糟的事和人，都抖了出来。苏阳进来的时候已经打开录音设备。

十分钟过后，齐警官要进来提醒，却被孙倩以各种理由拖住，直到三十分钟后，苏阳出来，冲孙倩点点头，孙倩起身对齐警官嫣然一笑："多谢了。"

两人拦了一辆人力黄包车。一上车，孙倩迫不及待地问道："怎么样？"

苏阳将录音笔交给孙倩，说："该问的都问了，该说的他也基本都说了，就是有些事情需要核实一下。现在缺少最后一个关键人物，红狐舞厅老板娘，周小光老婆秦乐怡。有些事情物证在她那里，她要是能帮忙，事情就完美了。"

"那去找她吧。"孙倩跃跃欲试，出来一个礼拜，也该回省城交差了。

两人折回红狐舞厅，到了门口，营业出入的大门紧闭，只有一个侧门。苏阳带着孙倩上了二楼办公区，敲开门。秦乐怡见苏阳和一个简约时尚穿着的女孩站在一起，瞥了一眼，然后快速地关上门。

"秦乐怡，这是省城记者，想来了解一些情况，开一下门，不会打扰你太长时间。"苏阳边敲门边说。

"滚。"秦乐怡冷冷地说了一句。

苏阳朝孙倩摊摊手，表示无奈。

孙倩敲门。"秦小姐，我们没有恶意，这也是为了保护你。"

"警察都不能保护我，你算哪门子葱？"秦乐怡没好气地说道，"还有，苏阳，你凭什么来看我笑话？"

孙倩听到后一句一头雾水看向苏阳。见到苏阳尴尬的表情，瞬间明白，嘻嘻一笑，拉着苏阳下楼。

到了一层，审视地看着苏阳，不怀好意地问道："小苏同志，老实告诉我，你是不是和这个秦乐怡有什么秘密？"

"哪有啊？"苏阳辩解道。

"嘿嘿。姐姐可是过来人，就凭你姐我这火眼金睛，刚才第一眼我就看出来秦乐怡看你的眼神不对。"孙倩笑着说道，"既然有这层关系，咱们也不急这一时三刻了，先回酒店，听听周小光都说了什么，我们再回来找秦乐怡。"

两个人回到酒店房间。孙倩洗了一把脸，坐到写字台前，打开录音笔。虽然苏阳已经听了一遍，但现在听来，还是毛骨悚然。小小的县城，在阳光照不见的地方，竟然存在着那么多见不得人的事。抢劫、逼良为娼、假烟假酒，甚至贩毒等等。

像周小光这样的团伙，县城竟然有十来个。

工作者是美丽的，特别是孙倩这样的女孩。坐在那里，边听边不断地记录，阳光从窗户射进来，洒在她的长发和肩上，宛如一座端庄的玉质雕像。来回听了四五遍，孙倩核对了一下笔记，朝苏阳竖起拇指："超出我预期。接下来就看你怎么攻克秦乐怡了。"

"必须我去？"苏阳为难地问。

"你不去，难道我去？"孙倩反问，"这可是你的地盘啊，我相信只要你攻克秦乐怡，就能得到意料之外的惊喜。"

一物降一物，苏阳可以在任何人面前谈条件或者据理力争，但在孙倩面前好像气短一样。苏阳自认为这是孙倩毫不吝啬地传授自己采访经验，实际上就是心虚。

"好吧。"苏阳无奈地说道，"我试试。"

"拿出当初追女孩的勇气，没有攀爬不了的大山，攻克不了的阵地，更没有征服不了的女人。"

苏阳奇怪地看看孙倩。孙倩晒然一笑："我说的不是我，姐是你永远接近不了的彼岸。去吧，小伙子，我等你传回捷报"

苏阳硬着头皮，再一次敲开秦乐怡的房门，秦乐怡打开门见就他一个人，冷冷问道："她呢？"

"谁？"

"刚才和你一起的女孩。"秦乐怡靠在门口，像是阻拦苏阳，如果一言不合，她转身关门。

"你是说孙记者。她有事，我一个人来的。可以请我进去喝一杯茶吗？"苏阳解释。

秦乐怡犹豫了一下转身进屋，苏阳跟着进屋。秦乐怡等苏阳坐好后关上门，并谨慎地打开窗户朝外面看了一眼。"这段时间老是有人来找事。"

"你一个人很不安全啊。"苏阳提醒。

"那怎么办？总不能把舞厅撂在这儿啊。"秦乐怡无奈地说道。

"你不是来看我笑话的吧？"秦乐怡扔给苏阳一瓶饮料。

"我有什么资格笑话你？"苏阳接过饮料。老桂花牌汽水，街头、卡拉 OK 很火的本地饮料，微微的桂花香味。

"你嘴上说不笑话我，心里肯定在想想眼前这女人要不是嫌贫爱富嫁给周小光，就不会出这样的事。要是当初嫁给我，现在多好？"秦乐怡自我脑补，用苏阳的口吻嘲讽自己。

苏阳奇怪地看了秦乐怡一眼，哈哈一笑："想多了，我这癞蛤蟆可不敢痴心妄想吃你这天鹅肉。"

"那倒也是。你苏阳就是穷一点，但还是很有魅力的。前有我秦乐怡是你绯闻女友，后又有李云主动献身，再后来女魔头夏冰变成你的小情人，如今又有省城来的美女记者环绕左右。我刚才的话倒是自作多情了，哪是你这癞蛤蟆想吃我的天鹅肉，分明我是癞蛤蟆，想沾你这大天鹅的光啊。"秦乐怡冷嘲热讽。

苏阳举手投降："这都哪跟哪啊？人家孙记者是省台记者，我只是协助采访，除了工作，毫无关系。"

"不会呀，我看你和她在一起，挺般配的。比你和夏冰在一起强。"秦乐怡一本正经地说道。

22

"你挺八卦的。"苏阳不习惯别人在自己面前说夏冰不好,也不喜欢别人将孙倩和夏冰比。两人本来也没可比性,孙倩是自己的临时领导,对她不敢有非分之想。

她像天上的月,冷冷地挂在天空。虽然能感受到月色皎洁,但只可远观。苏阳也不是满脑子自恋的人,和谁在一起,就觉得对方对自己有意思或者去喜欢别人。

"哪个女人不八卦?"秦乐怡反问。

秦乐怡面色淡然,言语活泼,这让苏阳略感意外。毕竟一个女孩乍然遇到这么大变故,按理来说很难承受的。

苏阳拉回话题,说明来意。秦乐怡直直地看着苏阳,幽怨地问了一句:"你不应该先关心一下我吗?"

"你需要我关心吗?"苏阳问。

秦乐怡眼神更加幽怨。但苏阳看出她是装的,对她这装出来的幽怨视而不见。

秦乐怡叹息一声,给苏阳一个光盘。说:"你和孙倩要的东西都在这里了,希望在你们手里能有点作用,我也该将这里的物品清点清点了。没想到来县城不到一年时间,有这么多变故,真是世事无常啊。"

秦乐怡性格跳脱,几句略微伤感的话后,又自言自语道:"好在,还是有点积蓄的,不管能不能保障后半生无忧,至少比在书店当一个职员强。"

苏阳原本还要劝解秦乐怡几句，但再不走秦乐怡就要反客为主了。她说："苏阳，你也是一个男人，难道就心甘情愿在书店印刷厂做一辈子工人，朝九晚五的，看人脸色？挣钱不多，将来拿什么娶老婆？别看夏冰现在喜欢你，但如果真的结婚，你有婚房吗？有彩礼吗？结婚后孩子奶粉怎么办？不会买一块尿布还出去借钱吧。"

苏阳拿过光盘夺门而出。秦乐怡在后面叫道："别说姐没劝过你啊，你不听我的，将来有你后悔的。"

孙倩拿到光盘，如获至宝。第一次主动邀请苏阳共进晚餐。孙倩是一个工作拼命，也很讲究生活品质的女孩。

酒店二楼有个餐厅，孙倩要了一个临窗的座位，让服务员拿过来菜单，递给苏阳。"这段时间辛苦您了，想吃什么，尽管点，我请客。"

苏阳接过菜单，价格出乎意料，这也让他有一种错觉，同一座城市，不同的消费层次。苏阳已经习惯了一顿三块多的早点，包含一块钱豆腐脑，两块钱包子，最奢侈的是将两块钱包子换成五块钱的锅贴，但同样是锅贴，这里二十元一盘。

看到苏阳犹豫，孙倩问了一句："没合口味的？"

苏阳摇头，尴尬地说："这里太贵了，要不咱换一个地方吧。"

"贵吗？我觉得还好啊，和庐州比起来，便宜不少。"孙倩扫了一眼菜单，"点吧，无所谓，我请客。"

要是苏阳请客，硬着头皮也会点一些好菜，但是孙倩请他，他有点过意不去。看到孙倩无所谓的样子，并对苏阳点菜慢显示出不耐烦。苏阳只好硬着头皮点了四五个菜，心里默算了一下，竟然要一百多元。而且都是比较普通的菜，比如宫保鸡丁、鱼香肉丝，凭什么这么贵啊？孙倩接过菜单，又加了两份猪肚鸡汤。

"喝酒吗？"孙倩问。苏阳摇头。孙倩朝服务员要了一瓶红酒"奔富"。苏阳从来没有听说过，服务员也是和孙倩核实了半天，才从酒柜拿出来，小声嘀咕一句："这一瓶五百多呢。这么贵，你真要吗？"

孙倩摆手让服务员去醒酒，然后和苏阳有一搭没一搭地说话，看到苏阳心不在焉，皱皱眉头问道："苏阳同志，我请你吃饭，你在想什么呢？""没，没啊。"苏阳赶紧回神。尴尬地笑道，"太贵了，一瓶酒四五百元，超过我一个月工资了。"

"你一个月工资多少钱？""二百块不到吧。"

"这么少啊？"孙倩惊讶地看着苏阳。"您一个大男孩，先不说这钱够不够花，这也实在廉价了啊。"

"还好了，刚上班一个月九十块，是我工作不错，提前转正，才涨到这么多，和我一起进厂的还有拿一百多块的呢。"

"自我感觉不错嘛。"孙倩嬉笑一句。看到苏阳尴尬，正色问道，"为什么不走呢？""去哪？""人往高处走啊。比如换一个好单位，或者去大城市。""我一没学历，二没背景，哪能说走就走？"苏阳有点沮丧。

"嘿。"孙倩轻笑一声，说道："我看过你那篇文章了，就是你和某人去郊外，看到干涸池塘里的鱼，大鱼挣扎，拍打小鱼。你说你就是那条小鱼。我就是不理解啊，作为站在上帝视角看鱼的你，知道这些鱼的最终命运，但是为什么你自己不去改变，而甘于陷在泥泞中挣扎，苟延残喘呢？"

苏阳那篇《你我都在俗世的泥泞中挣扎》的文章，被发表在《新安晚报》，反响不错。孙倩在得知黄成德派苏阳做她助手的时候，看了一些有关苏阳的资料，其中就有这篇文章。

苏阳没有说话。其实，他知道在这个厂里待下去绝对没有出路。即使一切顺利，顶多也就是做一个车间主任。然后呢，整天你争我夺，谁多一个先进，谁少一个计件，蝇营狗苟，再想往上走，没门了。不说别的，一个编制，就将所有的上升空间拦死，而这编制不是谁说解决就能够解决的。但是，走，去哪里？县城就这么大，还能有比新华书店更好的单位？回乡，那是没有出路的。好不容易走出农村，这已经是父母最大的宽恕，再回去，父亲心里会掐死苏阳的。

孙倩给了苏阳几个建议。如果不想在县城这个泥潭越陷越深，就须尽快离开。去大一点的城市，比如北京、上海等一线城市，如果没有太大的信心，可以将省城庐州当作一个跳板，适应外地生活后，再选择留下或者离开。

苏阳认真听取孙倩的建议。孙倩说："以你的文笔，可以找一家杂志社或者编辑部做一些采编工作，当然，这类工作面较窄，你也可以先找一个工作安稳下来，再慢慢学习提高。"

孙倩最后说："如果你真去庐州，可以找我，我多少认识一些人。"

孙倩没让苏阳送自己回庐州，而是电话叫来一位彬彬有礼的男士开车过来接自己回省城。

退房的时候，孙倩将一个文件夹和一个很小的鱼缸交给前台，让前台转交给苏阳。

苏阳打开文件夹，里面是一支精美的派克笔和一个笔记本。笔记本扉页上写着几个娟秀的字，"海阔凭鱼跃，天高任鸟飞"。金鱼缸中有少许水，里面两条"孔雀"游动，鱼缸上也有题字：

"断舍离。"

夏冰看到苏阳捧回来的鱼缸，惊喜地喊道："好精美的鱼缸啊，这两条鱼太可爱了。"这个礼拜，苏阳为了协助孙倩采访，早早地出去，又回来得很晚。夏冰到宿舍找苏阳常常扑空，两人聚少离多。今天难得是个周末，夏冰有很多话要和苏阳说。

房间虽然开着灯，但依然昏暗。夏冰喜欢这样的感觉，苏阳躺在床上，她躺在苏阳的身边。

"你好像又瘦了？"夏冰纤细的手指划过苏阳的脸颊，"采访很辛苦？"

"其实还好，主要是学了很多东西。"苏阳抓住夏冰的手指，握在手心。

"孙记者年轻有为，长得又漂亮。一看就是大城市来的。"

"大城市女孩多，不是每个人都像她这样漂亮还有才华。"

夏冰的手指微微颤抖了一下，眼皮眨动，看向苏阳。她倒是不担心苏阳这么快就见异思迁，但从他口中听到对别的女孩如此高的夸奖，心里还是有点失落。

屋外的光线无法照射进室内，室内昏暗。躺在苏阳怀中的夏冰絮絮叨叨，像有很多话要说。苏阳有一搭没一搭地陪她聊着，苏阳的声音越来越低，须臾，耳畔传来鼾声。夏冰昂起头，苏阳竟然睡着了。

"这家伙，没心没肺的。"夏冰默默念叨了一句，心里五味杂陈。她和苏阳在一起，渴望发生关系，又很害怕。好在苏阳是一个正人君子，从来没有强迫她答应，这让她心中欢喜。当然，偶尔也会有失望。她轻轻地起床，扯过一床薄被子，盖在苏阳的肚子上，然后坐在一边，满是柔情和爱意地看着熟睡的苏阳。

这是不是就是岁月静好？夏冰想，如果这样天长地久下去，也很好。

她起身，看向鱼缸。里面两条小孔雀鱼在欢快地游动，只是鱼缸实在太小，小鱼游动，撞到缸壁，不得不折回来，最后只得围着缸壁没头没脑游动，偶尔停下来，身体悬浮在水中，稍微有点动静，又忽地一下游动起来。

借着微弱的灯光，夏冰看到鱼缸上的小字：断舍离？什么意思？要断什么？舍弃什么？

她看到那个崭新的笔记本，翻开扉页，看到："海阔凭鱼跃，天高任鸟飞。"这应该是她送给苏阳的吧？

苏阳醒来的时候，已经很晚了。夏冰买来饭菜，还带了两瓶啤酒。笑着说："这个礼拜你辛苦了，我陪你喝一点。"

"你真好。"苏阳真诚地说道，轻轻将女孩拥在怀里。

厂里的工作一如既往，单调重复、繁重烦琐。只是让苏阳意外的是，请假一个礼拜，自己的岗位竟然被人顶替了。

赵毅伟已经升任胶印车间班长职位，统筹安排胶印车间一切工作。苏阳走进来，见他跷着二郎腿坐在桌前喝茶，客气地说了一声："赵大班长早，我来销假，申请上岗。"

赵毅伟看到苏阳，掏出文字传呼机看了一眼。"哦"了一声。

"你小子这个礼拜干吗去了？见不到你人影，呼你你也不回，咋也不找我们喝酒？"

"厂长没跟你说？我请一个礼拜假了啊。"上班时间未到，苏阳一边说话一边检查机器，为接下来的工作做准备。

"我靠，老子忘了你请假的事了。"赵毅伟站起身，主动给苏阳扔了一支"红塔山"，并让苏阳停下手中的活。"苏大记者。

你不干活手痒啊。不勤快怕人把你当柴烧了啊。"

"啥意思？"苏阳不解。

赵毅伟看苏阳的表情不似作假，一拍脑门。说："我懂了，肯定是常厂长想给你一个惊喜。你现在已经不是一个普通工人了，而是办公室副主任了。"

原来，前几天厂里开了一个临时会议，说是书店领导集体研究决定的，苏阳是个人才，文笔好，甚至得到了县里省里的认可。咱们书店是一个重视人才培养人才的地方，这样的人才不能在车间埋没，必须有合适的岗位。经过书店和厂里研究决定，将苏阳调任为厂办公室副主任。

苏阳狐疑地看向赵毅伟，探究是不是赵毅伟又在要自己，拿自己开心。不然这么大的事，不会没人提前通知自己，至少也应该征求一下自己意见。而且，书店这个决定夏冰应该知道，她也会第一时间告诉自己这个"好消息"。难道说她也想给自己一个惊喜？

赵毅伟露出一个玩味的笑容。看到苏阳手中的香烟快要抽完，立马又抽出一支递给苏阳，并给他点燃，这可是苏阳从没有过的待遇。

"咱兄弟啊，平时我老赵没少照顾你吧？你现在升职了，以后要多照顾我啊。"

苏阳看赵毅伟不似骗自己，也没有虚假客气。而是问道："那谁接我的岗位？"问完觉得多余，不出意外，应该是钱不易。他想到胶印岗位很久了。

赵毅伟的回答，出乎苏阳意料。接替自己岗位的不是钱不易，而是吴一山。吴一山和钱不易、苏阳等是同一批社招工，因为他笔试面试成绩优秀，直接分到众人羡慕的业务员岗位。

如果不是赵毅伟突然说出他的名字，苏阳都快忘记这个有点傲气的白白胖胖的男孩了。

"怎么是他？"苏阳问道。

赵毅伟撇一撇嘴说道："他人五人六的，可是业务能力实在太差，当了四五个月业务员，一笔业务没有谈成不说，每个月业务经费还都超支，把备用金丢了好几千。所以分到厂里，接了钱不易心心念念想要的胶印工岗位。都混成这样了，这哥们还是眼睛长在头顶上，对我这个班长爱搭不理，自己老牛逼了。"赵毅伟愤愤不平地说道。

说话之间，吴一山迈着不紧不慢的步伐走进车间。看到苏阳有点意外，咳嗽一声，说："这不是咱苏大记者吗？怎么不在办公室写文案，跑到车间来体察民情了啊？"

苏阳打量吴一山几眼，觉得这家伙一点没变，还和当初面试的时候一样，处处要与自己争长论短。苏阳没搭理他，继续和赵毅伟说话。苏阳表示，假如赵毅伟说自己升职的事是真的，那等厂里正式发文宣布之后，一定请兄弟们坐坐。一直以来，都是大家请自己，这一次借这个机会要回报一下。

"我和钱不易都好说，就怕罗老三没时间啊。"赵毅伟感叹一句。

"不会吧，咱们几个人不就他最闲。"苏阳印象中，罗明刚是最没心没肺的，家在郊区，虽不富裕，但也不缺钱，是挣一个敢花两个的主，而且为人相对仗义。

"你还不知道啊，他谈恋爱了啊，整天被胡园园迷得恨不得班都不上。胡园园让他往东他不敢往西，胡园园说肚子疼，他拼着自己不吃不喝也会给胡园园弄好东西吃。"

"我靠。没想到他竟然是个恋爱脑啊。"苏阳感叹。原来爱情真的会改变一个人，竟将罗明刚这样的粗糙汉子变得这么敏感、细腻。但转而一想，不对啊，胡园园不是沈晓光女朋友吗？

"他俩不是一路人啊。"苏阳狐疑地看向赵毅伟。

恋爱方面，赵毅伟比他更有经验，对于胡园园这样的女孩，赵毅伟更有发言权。"谁知道呢？都疯了一样。"赵毅伟啐了一句。

吴一山见两人把他当空气，面色瞬间阴暗下来。偷瞄一眼赵毅伟，又看一眼苏阳，心中有些怨恨。

23

"龙生龙凤生凤，老鼠生个会打洞的。"这是农村谚语，话糙理不糙。应在吴一山身上，再恰当不过。吴一山既遗传了吴刚外表老实、懦弱的基因，也遗传了他妈的混不讲理血统。

老实是好事。农村有句俗话："可怜又可嫌。"因为外表老实的人不见得是真的纯朴善良，而是老实的外表下包裹了厚厚的猥琐。

无论工作轻松程度还是收入待遇，胶印和吴一山原乡的业务员岗位都没法相提并论。事情到了这个程度，吴一山也只得退而求其次，谋得印刷厂内很多人打破脑袋都想得到的这个岗位。

对普通人来说胶印岗位有技术含量，掌握了胶印技术和有胶印技术经验的，将来都能让自己在印刷行业发展更好。

吴一山当然没想过一辈子待在这破车间，即使成为技术大拿又能怎么样？还不是一个破车间工人。但他能从苏阳手上抢下这个岗位，还是很有成就感的。

不知道为什么，他就是看不惯苏阳，一个农村孩子，装什么斯文，写什么东西？这批社招生的风头都被他出尽了。

只是吴一山怎么也没想到，这种心理优越感很快就被打穿，不是自己抢了苏阳的好岗位，而是苏阳被提拔后丢弃了这个岗位。吴一山很生气，但是他的喜乐在赵毅伟和苏阳那里，连一个水泡都没冒出来。赵毅伟压根没搭理他，苏阳也没有正眼瞧他一眼。更让他郁闷的是，就在他的当面，赵毅伟、钱不易、罗明刚及苏阳几个人敲定了晚上的活动内容、地点，他就如空气一样被众人忽略。

梅山西路靠近最西头的地方形同荒野，往日少有人走。最近县城舞厅等娱乐活动听到风声，纷纷关闭，这一块倒是热闹了起来。拔除杂草稍微平整后的空地白天是临时农贸早市，晚上就是大排档，烤串、麻辣烫等摊位，延绵开来，足有三四十家。

苏阳等人找了一个稍微宽敞的大圆桌子坐下，足足十来位。男生有苏阳和三位兄弟加上二胖共有五位。女生有夏冰、罗小妹、赵红青和赵红芳兄妹，以及和罗明刚如胶似漆的胡园园。

夏冰很少参加这种聚餐活动。只是有苏阳在场，她也渐渐习惯了和大家有说有笑。路边摊菜看简单，无非就是烤串和麻辣烫，酒是雪花啤酒。看着钱不易扛过来四五箱雪花啤酒，夏冰惊讶地问道："这么多，喝得完吗？"

"今晚苏阳请客，我们还不好好宰他一顿？"钱不易笑哈哈地说道。因为胶印岗位，钱不易一直把苏阳当作竞争对手，如今看来，自己的对手不是苏阳，他已经远远跑到自己前面去了。当突然发觉自己一直当作对手的人已经远远超过了自己，自己和他原本就不是一个量级，有人会失落从此一蹶不振，也有人会放开心结。钱不易属于放开心结的那种，心结打开，他自然把苏阳当作了真正的兄弟。

夏冰附到苏阳耳边，小声问道："有啥好事，不跟我说？"

苏阳皱着眉回头看夏冰，昏暗的灯火之下，依然靓丽，问了一句："你真不知道？"

夏冰摇头，更加奇怪。苏阳皱了皱眉头，说："我调到厂办公室当副主任了。我以为这事你应该先知道的。"

夏冰顿时沉默了很久，良久都没有进入此刻热闹的气氛中。苏阳在和大家觥筹交错的空当，注意到夏冰失落的样子，端起酒杯，和夏冰碰了一杯，问道："怎么不高兴啊？"

"哦，没有，没有。"夏冰仰起脖子喝光杯子中的啤酒。苏阳没有注意，夏冰喝完酒又给自己倒了一杯，自顾自地仰起脖子喝干，好像心事重重的样子。

桌子上的十个人都是一对一对的。二胖和罗小妹已经正式确定关系，双方家长见面，确定了婚期。常乾明夫妇并不满意这桩婚事，两个家庭门不当户不对。当然，他们夫妇也没看上罗小妹这个人——干瘦，还没什么素质。奈何二胖本人喜欢，并扬言父母要是反对到底，他这一辈子就不结婚了。常乾明夫妇无奈，只得答应这门婚事。

赵红青喜欢赵毅伟，为了赵毅伟，已经收敛了自己贪玩的性子，晚上不去舞厅和一帮小流氓鬼混了。但赵毅伟没有答应带赵红青回家见父母，更没有答应哪天娶她。赵毅伟本人也对赵红青若即若离，不太疏远也不太亲热。

赵红芳一直和钱不易黏糊着，两个人没谈结婚，也没谈分手。但在苏阳眼中，他们两个根本不合适。在这帮人中钱不易年纪最大，赵红芳年纪最小，两人年龄相差七八岁。而且钱不易在老家是有未婚妻的。但是，最不看好的两人却如恋人一样，其亲昵动作毫不避人。好像是要验证这个亲昵关系一样，在苏阳看向他们时候，原本各自喝酒的两个人突然靠在了一起。赵红芳将自己的酒杯端到钱不易面前，钱不易一口喝下赵红芳酒杯中的酒。

而当苏阳看向罗明刚的时候，胡园园已经坐到罗明刚腿上。两个人腻歪在一起，好像这热闹的大排档就是他们隐秘的温柔乡，毫不避人。其动作或者说亲昵，或者说猥琐。但是两人自得其乐。

　　"哥们，以后多关照啊。"钱不易过来跟苏阳敬酒，看到夏冰冷落落地坐在一边，嘴甜地叫了一句："弟妹，一起。"

　　苏阳端起酒杯，看到夏冰神游在外的样子，用手捅了捅她的胳臂。夏冰回过神，端起酒杯。赵毅伟还算清醒，他就坐在苏阳身边，捅一捅苏阳，示意他看向罗明刚和胡园园。"我靠，进展真快啊。沈晓光刚抓进去，这就搞到一起了。"

　　"我怕罗明刚吃亏。"苏阳靠近赵毅伟，小声说出自己的担心。在苏阳印象中，罗明刚是兄弟几人中最实在的一位，而胡园园一看就是情场老手，而且心机较深。

　　赵毅伟哈哈一笑。"男女之间，越乱来，男的越不会吃亏。"这是赵毅伟经验之谈。苏阳担心的不是男女那些事，而是情感。眼见罗明刚深陷这段不太光彩的情感，一旦受挫，罗明刚是否能从这重重打击中回过神来都是未知数。深陷泥潭而不自知的人，在别人看来很危险，他自己却不知道即将面临灭顶之灾。

　　"你俩说啥呢，搞得神神秘秘的。"终于从胡思乱想中回过神的夏冰看到赵毅伟和苏阳小声嘀咕，好奇地问了一句。顺着两人的眼光看向对面，不堪入目。胡园园的裙子被撩了起来，横跨双腿坐在罗明刚的大腿上，罗明刚双手伸进胡园园的衣服里。

　　夏冰面色绯红，迅速将头扭向别处。"怎么了？"苏阳问她。

　　"羞死人了。他俩，怎么能这样？"夏冰小声说了一句。

"嘿，我说你俩，顾及顾及大家感受可好？"赵毅伟大喝一声。

酒喝得很快，不一会儿，两三箱啤酒下肚。除了夏冰浅尝辄止地喝了一瓶，他们每个人都喝掉四五瓶。路边摊上的人渐渐稀少，有些摊位也收摊了。夏冰看到众人喝得差不多，主动站起身结账。然后小声和苏阳说："差不多了，咱该回去了。"

苏阳几人刚刚起身，从梅山西路方向开过来两辆警车。刺耳的警笛声响由远及近，转瞬就到了跟前。警车突然停下，跳下来六七位警察，将大排档围住。"都别动，接受检查。"

众人面面相觑，胡园园更是惊得躲到罗明刚身后。

"你要保护我。"胡园园紧紧抓住罗明刚的衣袖，紧张地说道。

"没事，有我。"罗明刚男子汉气概，将胡园园挡在身前。

警察挨个检查大家的身份证。

警察很快检查完其他的大排档，只剩苏阳这一桌。二胖、赵毅伟、钱不易等人都站起身，不敢多动。

三个警察走过来，面色严肃地说道："都把身份证拿出来。"

众人顺从地掏出身份证，罗小妹慌张地说道："警察叔叔，我的身份证忘在家里了。"

一个年轻的警察冷冷地看向她，喝道："到那边去。"指着警车的方向。罗小妹吓得瑟瑟发抖，不敢移动脚步。

"快点，磨蹭什么？"警察呵斥。罗小妹一把拉住二胖的手："救我，我真没做坏事。"

二胖乞求警察，警察冷冷地瞥他一眼，说："再啰唆，连你一起抓。"二胖还要争辩，苏阳上前站在警察和二胖中间。

"你想干吗？"警察冷冷地看了一眼苏阳。

"我们都是新华书店的员工。"苏阳解释。

警察看了几人一眼，检查苏阳身份证的年轻警察，走到一位年纪稍大的警察身边小声嘀咕了一句，并将苏阳身份证拿给他看，年纪稍大的警察看向苏阳，问道："你叫苏阳？"

"是的。"苏阳回答。

"写《铲除黑恶势力，还民众和谐社会》的苏阳？"警察问道。

苏阳点头，这是协助孙倩采访，最终孙倩定稿的文章。苏阳没想到孙倩在发表的时候给自己署名了，听到警察问话，只得老老实实地回答："警察同志，我只是协助写作，主要作者不是我。"

"小伙子不错啊，挺有正义感。只是你一篇文章，写起来容易，倒是让我们全县警察忙断腿了。"警察相互看了一眼，将苏阳身份证还给苏阳，又指着罗小妹问道，"这位真是你们同事？"

"是的，她叫罗小妹。"苏阳回答。又看看众人说，"我们在座的都可以证明，或者，明天让她把身份证送给你们核查。"

"不用了。我提醒你，别跟不三不四的人混在一起，对自己没好处。"警察说了一句，突然看向胡园园，说："胡园园是吧？你跟我们走。"

没等众人反应过来，已经有两个警察架起胡园园走到警车边上。可能是女孩的缘故，没将胡园园塞进后备箱，而是让她坐到警车后排。"啪"的一声关上车门，拉响警笛，警车飞驰而去。

罗明刚看到警车内的胡园园被警察按住脑袋动弹不得，眼神看向罗明刚，好像在喊："救救我，你一定要救我。"

罗明刚失魂落魄，六神无主。看着警车离去，突然冲过来抓住苏阳的手："哥们，你一定要帮我，救救我家园园。"

苏阳手掌被罗明刚使劲抓住，感觉到刺骨疼痛，却甩脱不了："哥们，我也只是一个小市民，我有什么能力救你家胡园园啊？"

"你可以救罗小妹，我妹你救得，我家园园你肯定也能救。"罗明刚认死理。

二胖等人走过来，七嘴八舌，问胡园园到底犯了什么？罗明刚也是丈二和尚摸不着头脑，急得一只手抓住苏阳不放，一只手抓耳挠腮。

"好了，兄弟，你急也不管用。胡园园要是没事，警察不会乱抓她，即使抓错了，也会很快放出来。如果她有事，也会有警察判断事大事小，咱们在这儿乱着急，什么用不管。"钱不易劝慰罗明刚。

"就是呀，我觉得即使胡园园有事，应该也不会大。估计还是被沈晓光牵连的。"赵毅伟说。

赵毅伟说得没错，沈晓光打死人当晚，没从周小光那里要到足够的跑路费用，就去胡园园那里抢了一千元钱，后来又和胡园园发生了关系。警察去找胡园园时候，胡园园没有如实汇报沈晓光的动向，沈晓光跑到苏州，被警察抓住，带回来一审问，将当晚情况如实交代了，警察一听，好你个胡园园。

孙倩回到庐州，整理完所有的采访资料，很快撰写完《铲除黑恶势力，还民众和谐社会》的新闻稿，足足三千多字，分为内刊和社会稿。内刊直接呈报给相关部门，受到重视，直接下发给红螺县，要求对所有犯罪分子进行抓捕，并彻底打击所有涉黑涉毒涉黄人员。

精神下达，全县抽调力量来了一次拉网行动，周小光等团伙已经全数落网，只有少数漏网之鱼东躲西藏。警察全天扫街，胡园园就是今晚重点关注的"漏网之鱼"。

　　社会稿在省台黄金时段《今晚新闻》播出。黄成德看到新闻稿，又见到苏阳的署名，作为新闻从业者，他知道这一篇稿子的分量。没想到省台来的孙倩看似不近人情，但在关键点上竟然给苏阳这么大的露脸机会，这对苏阳将来的发展至关重要。只可惜苏阳是企业里的人。

　　苏阳并不知道这些，也不知道孙倩在内刊和社会稿中让自己署名。但从警察的话语中，还是约略猜出来一点，否则，警察也不会给自己这么大面子，轻易放过罗小妹。

　　罗明刚已经接近崩溃，蹲在地上，抱头痛哭。"我的园园啊。"声音凄惨。让苏阳等人动容，也让众人感叹。没想到罗明刚这样的糙汉子爱起一个人来这么彻底，这么入心。看来，爱情永远是伟大的，这种伟大对相爱的人来说，感受更深。

　　无论你爱的人在别人眼中是好人还是坏人，只要你自己爱了，就爱得昏天暗地，爱得痛彻心扉。从头到顶，入眼就是美好，就是幸福。

24

大家好不容易将罗明刚劝起身，担心罗明刚离开后会做傻事，二胖和钱不易等人搀扶着他，一起回到宿舍楼，并让罗明刚晚上住在宿舍，和钱不易一个屋。

夜深，众人散去。夏冰从三楼下来，推开苏阳宿舍门，进门后悄悄将门上锁。

苏阳酒力上头，回到宿舍就脱了外衣，只穿一条内裤躺在床上。昏昏沉沉地正要睡去，感觉到有人进屋，知道是夏冰，迷迷糊糊问了一句："来了？"

"嗯。"夏冰自然地走到床边，躺下，紧挨苏阳。

都感觉到对方身体的火热，苏阳触手的地方是夏冰光洁的后背，手心如被火灼一般。迅速收回手，却被夏冰抓住。

夏冰头抵在苏阳怀里，小声呢喃，像一只温顺又调皮的猫。

嘴唇触碰到一起，对于恋人来说，身体的触碰是一种催化剂。

火和爱恋在身体里燃烧，四肢如藤，缠绕在一起。终于，激情在这一刻爆发，四溢而去，如洪水突袭，不可遏制。

良久，夏冰脸色绯红，低头垂首。苏阳也没说话，只是紧紧地抱在一起。"我会对你负责的。"

"嗯。"夏冰哼了一声，起身收拾残局，擦拭得很小心，很小心。

可能是因为一夜鏖战太累了，苏阳醒来已经是早晨八点，感觉到浑身无力，嘴唇干涸。叫了几声夏冰没有人回应，起身看到凌乱的床单，尴尬地自我嘲笑了一下。

酒最迷人，也最乱性，以后可不能这样喝酒了，苏阳自言自语。赶紧收拾洗漱了一番，今天第一天到办公室上班，可不能迟到。

办公室就在车间前面一排房子的三楼，面积不小，三十多平方米，紧挨着厂长办公室，另外一边是财务办公室。

苏阳刚上楼梯，就遇到财务赵经理。赵经理见到苏阳，热情招呼："苏主任啊，我说吧，我早就说你是一个有能力的人。"

"多谢赵经理夸奖，我只是运气好，还要感谢你们领导厚爱。以后还要跟您多学习。"苏阳赶紧说道。

"呦，'您'都用上了啊。果然是个文化人啊。"赵经理表情夸张。苏阳不知道她是发自内心夸奖还是略带讽刺，只好点点头，迅速回到自己位置。

办公室闲置良久，一直没有人员坐班。苏阳作为副主任，没有直接领导，只对厂长负责。也没有一个兵，相当于光杆副司令。好在工作虽然烦琐，难度倒是不大。无非是写写材料、出出通知，协调一下各部门会议和任务落实情况。相对来说，比以前工作轻松不少，不用整天听机器轰鸣，双手也不再沾满油污。

苏阳很珍惜这份工作。房间整洁，还有电脑。每天用一两小时处理完手头工作，还剩大把时间，可以看书学习。

刚开始一周，苏阳还小心翼翼地观察厂长及其他办公室人的眼光，怕自己处于"摸鱼状态"被他们责怪。其实，他多虑了。

除了厂长偶尔过来叮嘱一句，其余时间，很少有人问苏阳的工作内容和进展。唯一让苏阳不太满意的是，赵经理经常过来聊天，家长里短的，都是谁家谁家的八卦。苏阳虽然不感兴趣，但也不好意思直接拒绝赵经理的热情。

办公室不用加班加点，上下班时间固定。

下班了，苏阳收拾好东西下楼，看到了罗明刚。四五天时间，罗明刚瘦了一圈。原本皮肤就黑，瘦了之后显得黑瘦高挑，整个人都没精神。

"罗明刚，你怎么在这里？"苏阳率先打了个招呼。

罗明刚看到苏阳，眼神中透出一丝光亮。"好兄弟，你可打听出来园园到底出了什么事？"

苏阳有点歉疚。躲开罗明刚期盼的眼光，含糊说道："听说胡园园涉及沈晓光案件，初步判断是包庇窝藏。深挖下去，还不知道牵涉其他案件没有。"

罗明刚这几天四处活动，打听胡园园的案件，他毕竟只是一个农村的孩子，关系有限，能打听到的消息也很有限，所以，他把希望落在苏阳身上。但苏阳的人际关系也很少，只是道听途说，就知道这么多。苏阳甚至希望罗明刚能因为这事和胡园园彻底断绝关系。毕竟，在苏阳眼界和认识中，一直觉得老实的罗明刚和胡园园在一起，早迟要吃亏。但这话只能在心里想想，不敢对罗明刚说出来。

"我听说的也是这样的。"罗明刚叹息一声，情绪比早几天稳定了不少，"喝酒去？兄弟心里好苦。"罗明刚说。

苏阳犹豫了一下。自从和夏冰有了实质的男女关系，这几天，两人如胶似漆，恨不得二十四小时待在一起。

罗明刚没有看到苏阳脸上的表情。一把搂住苏阳肩膀："走，只有你能和兄弟说几句真心话，他们都是一对一对的，下了班，人影都找不到。"他说的是二胖赵毅伟钱不易他们。

苏阳无奈，耐着性子和罗明刚在路边摊喝了两瓶啤酒，急急地赶回宿舍。果然，夏冰已经躺在床上。看到苏阳，脸色娇羞，轻声嗔怪一句："人家都等你半天了。"

苏阳坏笑一声，扑到她身上。

完事之后，夏冰细心地收拾残局。然后站在床边，眼神幽怨地看向苏阳。"有件事，我不知道该不该和你说。"

"咋了？"苏阳靠在床上点燃一支烟。

夏冰说道："我跟你说正事。"

苏阳"嗯"了一声，将夏冰拉到自己怀里。

原来这个礼拜，新华书店大变动。原本夏冰转换行政办公室副主任的，但任命通知一推再推。这段时间夏冰等于没有正式岗位，也没有正式工作内容。所以苏阳任职厂办公室副主任的时候，夏冰不知道。

这样一直被晾在一边，夏冰也不太好受。这样的日子过了十来天，夏冰都准备主动辞职了。今早吴谦却找到夏冰，开门见山，说让夏冰去省城总店学习，学习期一年。

夏冰没得选择。如果不是舍不得苏阳，夏冰倒是觉得书店这个决定是最好的方法。苏阳听到这个消息，犹豫了一下，说："倒是挺好呢，我还在考虑什么时候和你说合适，我也想辞职去省城。"

"真的？"夏冰听到这个消息，一扫心中的担心和犹豫，是真的高兴。看着苏阳，又有点不确定地问道，"你不会是哄我开心，故意这么说的吧？毕竟你当了厂办公室副主任，工作轻松工资也涨了不少。我听说他们很快给你落实大集体手续呢。"

苏阳搂住夏冰："你觉得书店适合我们吗？"夏冰摇头，听苏阳说。

苏阳问夏冰还记得前段时间两人去郊外荷塘的情景吗？夏冰说："当然记得，我永远记得那天，那是我们确定关系的一天啊。"

"我是说那天咱俩看到泥泞中的那几条鱼。有时候我在想，在县城，在书店，咱们就像那几条被大鱼拍打的几条小鱼，随时有窒息的可能。"苏阳说道。夏冰若有所思："确实。"

"所以，你能去省城学习，我觉得太好了，这也让我下定决心，找个合适的机会去省城，走出这个地方。"苏阳下定决心，将手中的烟头狠狠地在烟灰缸里掐灭。

夏冰是在三天后坐早班车去省城的，苏阳又恢复到一个人的生活状态。只是经济条件略有改变，不像刚到县城的时候那样狼狈。元旦一过，因为对联、日历印刷任务的结束，不再需要临时工。罗小妹赵红青姐妹等人也都各自回家，厂里工人也轻松了不少，大家有大把的时间打牌、聚餐。

年关将近，婚丧嫁娶也多了起来。苏阳第一个接到的是李云的结婚请帖，宿舍这几个人差不多同一时间接到李云的结婚请帖。因为苏阳和赵毅伟等结拜兄弟的关系，李云也同时邀请了赵毅伟、罗明刚两人，让兄弟四人准时参加。

去温泉镇参加完李云和徐云鹤的婚宴刚回来，又收到二胖的结婚请帖，他和罗小妹真的成了。赵毅伟跑到苏阳办公室喝茶聊天，赵毅伟唉声叹气地说："完蛋了，这个月工资全花了，也不够份子钱。"一人结婚两百块，这个月他已经参加四五遭了。

"我是不是还欠你钱？"苏阳问。记忆中好像还清了，又好像没还清。

"靠，欠不欠我钱，你自己不记得？我那传呼机钱你就没给我。"赵毅伟说道。

苏阳"哦"了一声，从口袋掏出一百块钱，递给赵毅伟。赵毅伟却摆手拒绝了："咱哥俩就别算这么清了，要是觉得亏欠我，请我吃饭算了。"

苏阳立即把钱收回来，说道："省一点吧，听说高美这个月也要结婚，厂里还有四五个，书店也有几个。平时不联系的，一结婚，请帖都送过来了，你是去好还是不去好？"

"那是你当领导了。我除了需要参加厂里几个婚礼，书店没人给我送请帖。"赵毅伟揶揄苏阳。

"你想去，我把请帖给你。"苏阳斜了一眼赵毅伟。这一张请帖可是二百元啊，自己一个月工资才多少，早就寅吃卯粮了。好在夏冰临走的时候给苏阳留了一千元钱，说苏阳到了省城先租一间房子，平时她在书店吃住，周末了两人一起买菜做饭，这一千元也快花光了。

"我是冤大头啊，没事赶这热闹。而且书店那帮人看印刷厂的人就像高等人看下等人一样，我才不花钱还要看人冷脸呢。但罗明刚结婚，咱们要好好给他办一下。"赵毅伟说道。

胡园园被拘留了一个月，就被放了出来。除了包庇窝藏，沈晓光那些事她没有参与，也算是网开一面。出来之后，罗明刚爱得更深，两人如胶似漆，很快谈妥婚事。

"真快，结婚就如儿戏一般。"苏阳感叹一句，总是感觉罗明刚和胡园园不合适。

"那还能怎么样。结婚证就是一张纸。"赵毅伟撇撇嘴，他有女伴，从来没有考虑结婚。

日子在有序而枯燥中一天天过去，转眼春节临近，厂里从腊月二十八开始放假。腊月二十开始，苏阳就准备了一些回家的年货，包括一些糕点和给父亲买的香烟，离家来到县城已经七八个月了，两地虽然只有二十公里，但苏阳一直没有回过家。

腊月二十四，当地的小年。母亲托人带话，问苏阳哪天回家，苏阳说腊月二十七八，母亲让人带过来一张物品采购单，有瓜子花生等等，苏阳又去了一趟街上。节日临近，街道上的人一下子多了起来，有的商家已经提前挂出灯笼、彩灯，营造一种节日的气氛。

夏冰一直没有回来，前几天打过来一个电话，说虽然早就放假了，但在省城还有一点事要忙，忙完马上回来，春节前要和苏阳见一面，话语隐晦暧昧，一日不见如隔三秋，她想他了。

但等到腊月二十六，苏阳还是没有见到夏冰的身影，打电话，电话忙音，应该是早就放假，电话没人值守了。

到了腊月二十七，苏阳等了一天，一直到傍晚，还是没有见到夏冰身影，不得已上了最后一趟回温泉的班车。

班车向西南而行。出县城十公里，就是山路，路边崇山峻岭，层峦叠嶂。江淮地区的冬季，山体也是枯黑的颜色，车在山路上行走，如甲壳虫在丝带中爬行。

三十公里不到的路程，老旧班车行驶了足足两小时。翻过最后一道山岭，终于见到伴山而流的龙眠河。这个季节，河水已经干涸了，只剩满河床的鹅卵石。

班车在一个名叫沙埂的地方停下来。

苏阳下车步行，还要走五里河埂路，才能到自家的村庄。

河埂路紧靠山根，山是绵延的龙眠山。县里八景之一"龙眠毓秀"说的就是这里，到了这个季节，山上的树木大半也只

209

剩下枯黄的树干。几只黑色的鸟从山脊飞起，横跨河流，飞跃到对面的山脊。

苏阳到家，天色刚擦黑。母亲看到苏阳，还是有一丝激动："阳阳回来了啊。他爸，阳阳回来了。"

"哦，还知道回家啊？"父亲从客厅走到门口。见到苏阳大包小包的。"回来就回来，拿这么多东西干吗？不嫌累？"父亲话语一如既往地生冷，但苏阳听得出言语中的关心，内心还是涌出一丝温暖。

苏阳打开箱包，先从里面掏出两条烟递给父亲。父亲接过见是一条"红梅"一条"红塔山"，忍不住责怪："又乱花钱，买这么好的烟给我干吗？我只要能冒烟就行。"

"这不过年了嘛。孝敬您的，您就别客气了。"苏阳说。脱口而出，用的是"您"而不是习惯的称呼"你"。父亲看了一眼苏阳，觉得孩子出去半年，礼貌了不少。虽然还不习惯听到"您"这样的称呼。随口交代一句："孩子，你在外面我管不到，但是回家了，还是要踏踏实实地，说话做事要踏实，不能硬装。"

"知道了。"苏阳将母亲交代置办的年货一样样掏出来。

乡村还是那个熟悉的乡村，只是这几年年轻人多在外面打工，只有到春节时才回来。年轻人一回来，往日没有活力的乡村一下子热闹起来。在外打工的年轻人无论在外面多么吃苦，多么节俭，回村之后立即大方起来。身上都会穿一套干净的衣服，抽的烟也不次于"红塔山"。

父母在河边洗衣服凑到一起，谈论更多的也是谁家孩子今年挣的钱多。每到这时候，苏阳的母亲都会匆匆地离开，她不愿意别人问苏阳今年给家里拿了多少钱。

父亲本来与村里人闲话就少，听到母亲叨唠，说某家女人说儿子带回来三万多元，明年可以盖新房子了。父亲呵斥一句："别和她们一般见识，打工能有什么出路？咱娃怎么说也是有学问的，去的是正规单位，挣钱多少不看现在，要看将来有没有出路。"

母亲听罢，也觉得自家男人说得有道理。再看到那些女人，腰杆挺得很直。别家女人再要叨唠自己孩子挣多少钱的时候，也会说一句："咱家苏阳虽然没拿多少钱回来，但今年的年货都是单位发的。有的你们见都没见过，而且我家苏阳转正了，算是吃上国家饭了。"

年底很忙，置办各种年货。虽然苏阳听从母亲安排，带回来很多东西，但是一算，还少不少，比如拜年用的糕点等等。采办年货的任务落在苏阳身上，母亲吩咐下去，却并没有给钱。苏阳算了一下自己的余额，满打满算，还有五六百元。置办完年货，身上不到一百元了。

大年三十，祭拜完祖宗，一家人坐在一起吃年夜饭。姐姐和妹妹在吃年夜饭前也赶了回来，难得的团圆夜。觥筹交错中苏阳有点心神不宁，眼睛一直瞟向家中的电话机。从回家到现在，除了亲戚打来电话，问父母拜年的事，一个有关苏阳的电话都没有。

"为什么呢？不是说好给我电话的吗？"苏阳内心产生种种的疑问。夏冰一周前打来电话，说在苏阳回家之前，一定提前从庐州赶回来共度一晚，然后各自回家过年，吃完年夜饭后提前回县城。这个电话打过之后，就如人间蒸发了一样，没见到人，也没有等到电话。

正月初三，苏阳在父母不解的目光中，提前回城。理由牵强，说厂里比较忙，自己是办公室副主任，需要比工人提早上班，做准备工作。父母虽然不太乐意，但也不愿耽误孩子的工作，更希望他今年能好好工作，更上一层楼。

节日的县城比往日繁华。苏阳回到宿舍，宿舍却是冷冷清清。整个书店大院，人不多。偶尔有人看到苏阳，也都是打一声招呼，就急匆匆地离开。

正月初四，苏阳一个人待在宿舍里，有人敲门，打开门却是秦乐怡。"你怎么来了？没回老家过年？"苏阳问。

"你觉得我这个样子，还能回家过年吗？"秦乐怡问，自顾自坐到书桌前。

"回家过年怎么了？"苏阳不解。虽然秦乐怡老公周小光年前出事，但是事情已经定性，与秦乐怡无关。不管如何，秦乐怡都是父母的心肝宝贝。

"我要脸呢。"秦乐怡白了一眼苏阳，"你为什么回来这么早？不在家待到初七？是不是听说夏冰的事了？"

"夏冰怎么了？"苏阳紧张地问道。

"你真的不知道？"秦乐怡半信半疑地问道。

"快点说。"苏阳站起身，抓住秦乐怡肩膀。

秦乐怡用手拍开苏阳双手："掐痛我了。"

"求求你了。夏冰怎么了？"苏阳央求秦乐怡。在他心中已经有不好的预感。按照夏冰的脾性，哪怕要和自己分手，也会当面和自己说清楚的，而不是这样突然人间蒸发。

"死了。"秦乐怡看到苏阳的眼神，惶恐地避开，但还是吐出两个字。

如晴天霹雳，苏阳身子晃了晃。"你，你骗我。"苏阳咬牙切齿。但内心隐隐约约，知道秦乐怡说的不是假话，难怪，这几天整个书店的气氛如此压抑，大家看到自己就如看到瘟神一样，急急地避开。

"死的不是她一个，她叔叔、兄弟也死了。"秦乐怡避开苏阳，怕受到刺激后的他再抓住自己，给自己造成伤害。

苏阳脸色涨红，如野兽一样瞪着秦乐怡，然后又如泄气的皮球，瘫坐在床上，呢喃着问道："到底怎么一回事？"

"事情发生在腊月二十七日。"秦乐怡组织措辞，然后将听来的事情经过说了一遍。

原来，腊月二十七，她刚拿驾照几个月的叔叔，在深圳打工，赚了很多钱，带着儿子，开车从深圳回家过年，路过庐州，顺路接上她。但是路上滑，加之疲劳驾驶，不小心，车子发生事故，撞到了前面的车，然后几辆车相撞，当场车毁人亡。

秦乐怡看着苏阳，他的脸色阴沉、苍白。"其实，"她说，"其实你没必要这么难受。就算夏冰真的爱你，但是，你俩也不合适。"

苏阳咬紧嘴唇，怒视秦乐怡："合不合适，你没资格说。"

"狗咬吕洞宾，不识好人心。"秦乐怡瞪了一眼苏阳，转身出门。临出门的时候说了一句，"我要是你，宁愿去省城找孙倩。"

"滚！"苏阳怒喝一声，"啪"地关上门。

屋内死寂。

日月像被关在了门外，三天三夜，苏阳在床上不吃不喝。

正月初八，厂里都上班了，除了苏阳。

常乾明巡视一圈之后，问大家有没有见到苏阳，众人摇头。其中有一个人说："我前几天就在书店看到他了啊。"

"去找。"常乾明叫来钱不易和赵毅伟以及罗明刚。

钱不易三人找了一圈。有人说看到苏阳，有人说可能在屋里。就来到苏阳宿舍门口，但是无论三人如何敲门，屋子里就是没有动静。"这哥儿们，可能是受的刺激太大了。"赵毅伟叹息一声。

三人离开，商议定时过来看一下，怎么样也不能让苏阳出事，还说再过一两天，苏阳再不现身，就去苏阳老家找找看，或者撬开苏阳宿舍，看能不能发现线索。

"你们找吧，我要回家给园园做饭了。"罗明刚和胡园园结婚一个月后，罗家气氛就变得越来越不好。胡园园不做家务，就是家里油瓶倒了，她也像没看见一样。对罗明刚冷冷淡淡，对罗明刚父母更是陌生人一样。罗明刚父母是菜农，早出晚归，还要给胡园园做饭。有时候难免在罗明刚面前抱怨："人家以为我们娶了一个儿媳妇，但是哪里知道我们娶了一个祖宗啊。"

罗明刚夹在中间，左右为难，心疼父母，又不敢得罪胡园园，只好自己下班后急匆匆回家做饭。即便这样，胡园园也是冷言冷语地，说："嫁到你们罗家就给我吃猪食一样的东西。人家过年给儿媳妇的红包都是几千上万的，你们倒好，加在一起不到一千元。"

罗明刚嗫嚅了一句："家里的钱娶你的时候都掏出来了，光彩礼就十几万元呢。"

"没有那个蛋就别爬那个窝。我求你娶我的啊？十几万元彩礼怎么了，我一个黄花大姑娘，嫁给你这个木头一样无趣的人，我不觉得亏，你还觉得亏了啊？不喜欢，咱们离婚啊。"胡园园习惯了在街上胡混，嫁给罗明刚这个老实人，她觉得憋屈。

罗明刚最怕"离婚"两个字，低声下气地哀求，被胡园园骂开："我见你就心烦。"

罗明刚做完饭，喊还没起床的胡园园吃饭，胡园园身子朝墙就像没听见一样。罗明刚叹息一声，看看时间已经下午两点，厂里也不太忙，就拿起自己的钓鱼竿去河边钓鱼。

事情发生在下午四点。河边干活的人突然听到一声惨叫，走到近前，就见一个木炭一样的人躺卧在地，有相熟的人喊道："这不是罗明刚吗？钓鱼被电打死了。"

罗明刚心情郁闷，钓鱼没选好位置，甩钩时候，沾水的鱼线甩到高压线上，被电打死了。

尸体抬回家，胡园园冷冷地看一眼，突然扑倒在地，号哭："我怎么就这么命苦啊。"来来回回，就这一句。

钱不易和赵毅伟接到这个消息是下午五点左右，两人再一次跑到苏阳宿舍门口，哐哐撞门。"苏阳，罗明刚死了。你还不开门？"

在清醒和昏迷中游荡的苏阳听到这个声音，立马从床上蹿起来。因为头昏，他靠在门框上，无力地拉开门："你们说什么？"

赵毅伟吓了一跳，眼前这人还是苏阳吗？头发凌乱，胡须乱碴碴的，眼珠凹陷，就像一个无魂的鬼一样。"你，你是苏阳？"

苏阳无力地看向两人，声音艰涩地问道："你们说什么？罗明刚怎么了？"

"死了，钓鱼被高压线打死了。"钱不易说道，然后进屋，"你没事吧，要是能走，我们一起去看看。"

"走吧。"苏阳失神说道。

"你不收拾一下？就这个鬼样？"赵毅伟嘟嘟一句。

苏阳弯腰打水洗脸。脸盆中是三天前的水，已经发臭。钱不易看不下去，将脸盆水倒掉，去三楼卫生间接了一盆水。苏阳洗完脸，刮了胡子，有了一点人样，只是双腿发虚，在赵毅伟和钱不易的搀扶下，去了罗明刚家。

哭声一片，却不见胡园园的身影。

尾声

正月十五，苏阳办好离职手续，坐上红螺县城开往庐州的客车。车子离站，向省城方向驶去。回头的时候，已经不见这座城市的身影。车窗外是一片片田野，冬日里，一两棵树木矗立在田野中，偶有鸟雀飞过。

"再见了，红螺。

再见了，我最好的朋友，罗明刚。

再见了，我亲爱的人，夏冰。"

车子到站，苏阳提着行李下车，孙倩走了过来。

"你的事我都听说了，过去的事就过去吧。这是一座新的城市，相信你会慢慢地喜欢上它。无论如何，我们都要学会自己生活。"